W

字母會

沃林格

L'abécédaire de la littérature

W comme W. Worringer

目次

L'abécédaire de la littérature: W comme W. Worringer

W如同「沃林格」

楊凱麟

沃林格

~~L'abécédaire de la littérature~~
~~W comme W. Worringer~~

沃林格（1881-1965）使得兩種創造性心靈鮮明地對比起來，其中，古典的創作相信世界與人的合一，兩者間有機與形式地相互模仿，創作是為了再現事物的本質與永恆，在知性與本能之間古典的人取得了絕對和諧，世界因對稱的律法而美好。歌德式的創作則完全是另一回事，生命在此被賦予不斷轉向、分歧、碎裂、逆反與形變的無組織潛能，世界因無盡的破碎與分裂而飽含不可測的生機，生命本身即是迷宮，創作則是為了尋覓再次迷途與抹除臉孔的可能。

一種是對和諧律法的再現，神靈並不在世界之外而就在我們之中，創作者所需要的只是將其形象化並敘述出來；另一種則將世界誕生在自身的風暴與旋渦裡，而且裂解與越界的極值就構成唯一的「身體」，這是以滿溢的意外與動態來抹除本質的狂亂表達，獨立於一切組織與形式，並因此展現高張的生命威力。

歌德式的心靈不是為了再現預設或既存的知識而生，相反的，它對於動態與多變化的現實表現了神經質的「超級可感」（suprasensible），並以持續震顫與抽搐的「超現實」(surréel)表達了多元異質力量的無窮糾結。

世界交織橫貫著各種差異化的「歌德線」，這些不斷增生與轉向的力線似乎較不是為了提供固定的認識形象而產生，而是為了全面地表現運動，甚至使得歌德式大教堂裡的石塊彷彿擺脫了地心引力般垂直往上竄生，以成千上萬的力量湧動對立於物質的沉重本性，去物質化與無序的運動衝決了事物的拘謹律法，只服從於「藝術的表現意志」，以致於沃林格甚至說「我們不可能走入一座歌德式大教堂而不暈眩」，因為「需要有感覺的暈眩以便矗立於自身之上」。

古典的組織性生命對比於歌德式的無組織生機，這並不只是兩種不同性質或不同真理間的取代或並置，兩者的差異是更基進與根本的，前者仍維繫於知識與永恆本質的靜態信仰之中，後者則在超級可感的強勢表達中酣醉暈眩，不再任由我們所決定，不屬於我們的意志，擁有著自發性的表達，而且鼓動無數的微細力量抗拒著組織化與知識化。「我們遇見了似乎獨立於我們之外的生命，比我們的生命更強……」沃林格使得完全不同於古典心靈的另類生命成為獨特的美學問題，從此生命成為一種怪異的、高張力與高動態的表達，充滿暈眩，等同於迷宮，朝四方竄生著無窮改道、變向、反慣性與無向量的「歌德線」。這是生命，但不再再現任何律法，無秩序與無組織的生機便是其唯一的表達，「我們一意識到一條線，我們就非自主地在我們自身中重生了它的創造程序。」

W 沃林格

陳雪

沃林格

~~L'abécédaire de la littérature~~
~~W comme W. Worringer~~

突然醒來的時候，世界尚未被命名，眼前一片光亮，女人對於周遭的事物，有一種說不出的奇異感受，薄紗窗簾透進天光，是清晨了吧！眼睛似乎仍在對焦，看到許多東西卻看不清楚輪廓，白茫茫霧濛濛的，她只是凝望著周遭，不知過了多久才能夠看清楚東西，首先映入眼中的是床頭邊的柱子，感覺古舊的床架，沉重的柱子四邊皆有，床頭有一整片床板，板上雕刻著繁複的圖案。她伸手觸碰床柱，圓弧帶方角，隱約木香，她轉過頭來，發現身邊躺著一個男人，陌生人，她詫異地回頭，繼續凝望著床柱。

那形狀怪異的床柱，或許可以掛上簾幕，她心想這簡直像船一樣的床鋪是怎麼回事，躺臥著的床鋪柔軟，身體像陷入雲朵裡，身上的被褥輕柔溫暖，整個房間散發著潔淨好聞的氣味。她又回身看著陌生人，繼而，意識像被喚醒、事物的名稱在腦中一件一件喊出名字，棉被，床單，床邊櫃，立燈，陌生男人，以及她自己。

然後她知道那奇異的感覺由何而來了，她可以想出這些物件的名字，但她不知道自己是誰，關於自己所有訊息都想不起來，這兒是哪裡？這個男人是誰？

我是誰？

對啊！我是誰呢？

她問自己。

沒有資訊。

掀開棉被，她不認得自己的手掌，手心，手臂，像看見一個陌生人那樣看著自己的身體，只穿著一件內褲的裸體，她不但不認得這個身體，也不認識自己。這個她正在思考，正在移動身體。她想，這個是我，但我不知道這個我是什麼。

沒有名字，不知道身分，年齡，從何處來，做些什麼，通通不知道。

她認得蓋在身上的東西叫作棉被，高磅數棉質柔軟光滑，知道身上只穿了一條萊卡質料的黑色底褲，上面的牌子是卡文克萊。她知道卡文克萊是一種名牌，一件萊卡內褲要五百多元臺幣。

臺幣？

所以我是臺灣人。她想。

我會講中文。

她試著發出聲音，哈囉，哈囉，你是誰啊？我我我，我是，喉嚨裡發出她從沒聽過的聲音，自己嚇了一跳。

她慢慢起身，下床，感覺非常恐怖，用她所不認得的這雙腳踏在她所沒見過的地毯上，光著腳踩到地毯的觸覺，所有的事情都不知道了。緩緩地走幾步然後她蹲在地毯上緊靠著牆角，不停地發抖。

還是想不起來。

床上的男人動了一下，然後睜開眼睛，一個皮膚很白眼睛細長的男人，他看著她這邊，「美娜啊！妳怎麼蹲在那兒？」

他叫我美娜。她低語著。

「那麼是認識的人囉！難道這個人是我的丈夫嗎？」她腦袋裡直覺地生出這些字句，「丈夫」「認識的人」「美娜」，這種感覺怎麼說呢？不記得任何事，但有些東西她知道，那是純粹常識性的東西，但自己是誰以及眼前這個人是誰卻毫無所悉。

她佯裝鎮定，但無法動彈。

「電腦當機」她腦子裡又出現這個字眼。

我知道什麼是電腦。她告訴自己。

大量的知識突然一股腦地衝出來。我知道日月星辰，我知道電視冰箱，我知道我是人類、人類應該要呼吸，會吃喝拉撒，我知道世界有五大洲三大洋，我知道地球會公轉自轉，我知道咖啡喝了會提神，香菸抽了會上癮，我知道電腦會當機還會中毒。腦子裡的聲音不斷對她說。

她甚至可以從眼前所見的景物察覺，此時自己所處的環境是一家高級飯店的房間。

如天地初開，天神指著萬物一一命名，然後它們就有了名字，但是她沒有名字，那些突然湧現的大量資訊與知識裡尚未有關於她自己的部分，因為腦子裡突然出現了上萬個以上的詞彙，擁擠得幾乎要爆炸一樣。

一陣暈眩，她想要起身，身體卻軟癱滑到地毯上。

男人起身，走到她旁邊，將她扶了起來。

我不知道該怎麼辦？她呢喃著。

「妳病了嗎？」男人說，那種關愛的樣子，她想，自己大概是他的情婦或是女朋友。

她搖搖頭。

該如何分辨自己身在何處，該如何不著痕跡地知道這個男人的名字及身分呢？她使用著這個陌生的大腦，拚命地搜尋著。

找不到想要的資料。

是在作夢吧！作了一個失去記憶的夢，「失憶症」，這種情況就叫作失憶症，可分為失去長期記憶，及短期記憶兩種，也可以分為暫時失憶，與永久失憶。或是間歇性地失憶。

她想，自己以前應該是個蠻聰明的人吧！她知道的事情可真不少。

他抱著她的時候，她發現自己身材纖瘦，跟高大的他不成比例，她發現自己長髮披肩，發現右手臂上有許多舊傷痕，發現自己皮膚蒼白卻光滑如絲。

不夠不夠，我需要更多線索。腦子裡的聲音繼續說。

「沒事，我只是頭暈。」她說。怎麼可能沒事？但要怎麼告訴這個不認識的人呢？

到浴室去盥洗，看見鏡子裡的自己，蒼白的臉，空洞的眼神，薄薄的嘴唇，兩頰散落的雀斑，我幾歲呢？三十多吧，女人問自己，到底叫作什麼名字呢？美娜，男人這樣叫她，那她姓什麼呢？她撫摸著鏡子裡那張臉，那是誰的臉呢？把內褲脫掉，跳進浴缸裡，打開熱水往身上沖，每一吋被熱水跟肥皂泡沫經過的地方都是那樣地陌生，但卻有感覺，一道一道強烈的水柱刺激著她的肌膚毛髮，啊真舒服，身體的感覺被喚醒，卻不知道是誰的身體。這時她注意到浴室的洗手臺與馬桶都有著核桃木的材質，木製的馬桶蓋？她環顧四周，這間浴室有許多細節都非常雅致，現代又古典，想來，她住的是間高級的飯店。

這時候男人打開了浴室門進來了，她仍在沖水，男人在刷牙，嘴裡咕噥著什麼，她聽不清楚，然後是電動刮鬍刀的聲響，她把水龍頭關掉，站在浴缸裡不敢走出去。男人回過頭來看著她，把潔白的浴巾遞給她。

這是怎麼回事？好像熟悉得不能再熟悉的場景了，男人的動作彷彿這是好幾百次相同的早晨的例行公事那麼熟悉，但她什麼都不記得，如果是夫妻為什麼會住在飯店裡，我不知道我不知道。

我不知道。

她自言自語。

「美娜，妳今天真的怪怪的啊！」男人說。全身赤裸的，健壯光滑的身體，這個男人幾歲了呢？到底叫作什麼名字為什麼會在她旁邊呢？

「下樓去吃早餐吧！」他攬住了她的身體，有一點點熟悉了，剛才這男人不是才抱過她嗎？殘留的記憶是十分鐘之前的。

椅背上放著她的黑色露背洋裝，高跟鞋，黑色內衣，她慢慢穿上這些衣服，好像在幫別人換裝，為什麼這個女人穿著這樣的衣服呢？從頭到腳一身的黑。

跟男人一起下樓到了飯店的餐廳吃自助式早餐，典雅的大廳，瀰漫著一股懷舊的氣息，她不禁啞然失笑，什麼都不知道，卻還知道什麼叫作懷舊。她還不知道這男人的名字，但她已經知道了自己身在何處，在電梯裡看見酒店的介紹，萊佛士皇家酒店，位於柬埔寨金邊市，她知道柬埔寨，一定是以前讀過的地理知識，或許她來過這裡，誰曉得，她跟柬埔寨之間，正如她跟自己之間，目前都是一片空白，誰知道她怎麼來到這兒的？

這種情況非常詭異，女人逐漸想起許多事物的名稱用途，日常生活所具備的知識，唯獨忘記與自己這個人相關的事物，她的身分，她的背景，她曾經發生的一切。這是電影《神鬼認證》裡的劇情啊，她連這個都知道呢。

因為男人看起來不像個壞人，而且跟她好像有某種親密關係，所以她決定向他坦白。

「其實，我不認識你。」吃早餐的時候她這樣對他說。這間餐廳從刀具餐盤到桌椅地板，材質精美、造型古樸，完全是電影裡舊時代高級餐廳的場景。為什麼她住在這樣的地方呢？

「畢竟我們認識的時間不長。」他說。

「不是時間的問題，是因為我忘了，我什麼都忘了。我忘記了我是誰，我為什麼在這裡，也不記得你是誰，為什麼你在我身旁。」她回答。

「妳這麼無情啊？一覺起來就把我給忘了。」他露出非常溫柔的微笑，伸手揉弄了她的頭髮。

「老實跟你說，我真的忘了，我什麼都忘了，我連我自己是誰都不知道，也不知道為什麼會跟你躺在同一張床上。關於我自己的所有事我都一無所知。」她緩緩地說。

他望著女人。遲疑了好幾秒鐘。

「妳不是開玩笑的吧！」他說，表情也嚴肅起來了。

「我真希望這是一場玩笑。」她一個字一個字清晰地說。

「我不知道接下來該怎麼辦？」這一句她說得很小聲彷彿自言自語。

「為什麼會這樣呢？昨天晚上要睡覺之前妳還好好的啊？頭部既沒有受傷，也沒有受到什麼驚嚇？而且妳現在看起來很正常，還會使用刀叉，也知道要把沙拉醬淋在生菜上面。」他抓弄著自己的頭髮，開始自言自語，彷彿受到莫大的驚嚇，或許等一會喪失記憶的人就變成他了。

時間融化在這毫無生活感的餐廳裡，融化在他開啟的唇邊，多少時間經過了，現在是哪年哪月哪日呢？女人凝望著男人，不知道為什麼自己會坐在這個地方，面對著這個毫無印象的男人。

「我們一起來想想辦法吧！要不要去看醫生？」

「這裡是柬埔寨吧！我不相信這裡的醫生。等我回到臺北去再說吧！」說完這句話她嚇了一跳，輕易說出柬埔寨與臺北兩個詞，好像接下來就可以說出更多關於自己的資訊，但話語到這裡就斷了。

「可不可以告訴我你所知道的我的任何事情？」她問他。

「如果我們現在上樓去睡覺，一覺醒來妳是不是什麼都想起來了？」他說。

好主意，值得試試看。

「那是什麼感覺啊！忘記了自己的身分跟記憶？」他問她。

「先告訴我你的名字跟身分，看能不能喚起我一點記憶。」吃完早餐他們手拉手回到飯店房間。

他說他的名字叫作趙剛，是大理人，來柬埔寨金邊工作已經兩年，半年前去機場幫新任的同事接機，看見她推著輪子壞掉的行李箱很吃力地走著，上前去幫她的忙，他們就這樣認識了。「妳說妳是臺灣來的記者，妳是替旅遊雜誌寫稿子的記者，名字叫作李美娜，到柬埔寨來採訪。」趙剛說。那次他們在金邊相處了五天，半年後她打電話給趙剛說要回到金邊，就飛來了。她在萊佛士酒店住了三天，醒來就變成這樣了。

男人簡短地說著他們相遇相識的過程，依然喚不起她的記憶。女人對於這個陌生的自己如此怪異的行徑感覺到吃驚。

躺在飯店的床上，他脫掉了他的衣服褲子，牛仔褲裡並沒有穿內褲，赤裸裸地躺在床上，女人看著男人這麼自然的舉動，心想自己應該是跟他做過愛了吧！

「請問一下，我們睡過了嗎？」女人伸出一根手指試圖去碰觸他的身體，沒有任何碰過他的記憶。

男人嘆了一口氣。

「真的不是妳想像力豐富編出來的嗎？妳真的什麼都忘了？」他抓住女人的手，把她的手指放進他嘴裡吸吮著，「記得這個嗎？」然後靠近她的臉，吻她，女人試著想躲開，但是沒有，她不記得，但是她會接吻。四片撳開的嘴唇，兩條溼潤的舌頭，交纏著，輕碰著，有時他會輕含著女人的舌頭，有時候舔著她的嘴唇，溫柔地吻。

吻起來感覺不錯。

感覺到自己溼潤了。

感覺到慾望。

失去記憶之前我喜歡這個人嗎？有多喜歡呢？在我的資料庫裡還沒有其他男人的模樣，直覺告訴我他是個英俊的男人，直覺告訴我，或許我是喜歡他的。

我應該要試著去喜歡他嗎？

我會做愛嗎？或者說性交？我什麼都忘了。要做嗎？我不知道。

我的身體裡是否殘留著對他的記憶呢？是否當我們做愛的時候就會被喚醒某一些些，是否我頭腦裡不記得的我的身體依然記憶深刻？是否我真的一覺醒來就會恢復記憶？腦袋裡胡思亂想著這些的時候，順著他的引導，我還是讓他進入了我的身體。

女人腦裡不斷出現許多說不出口的詞語。

不記得這種感覺。

沒印象了。

這是我的第一次性愛吧！既然失去了所有的記憶，那我就成了一個嬰孩，一個處女，一個知道很多事情卻今天才誕生的孩子。

女人搖搖自己的頭，多無聊的想法。

之前的自己到底是個怎樣的人啊？為什麼會跑到柬埔寨來跟一個雲南人睡

覺呢？

那麼自然地，不假思索地，她知道該怎麼動作，如何配合，她甚至還發出自己很陌生的呻吟，肉體上的歡愉與頭腦裡的空洞交織著，那是幅什麼樣的景象呢？如果天花板上有面大鏡子，她是不是就可以看見鏡中的自己，這樣想的時候腦子裡突然顯現一個影像，那是一個她在鏡子裡而身後有個男人把頭擱放在她肩膀上的畫面，出現了不到一秒鐘。

鏡子裡的她，頭髮非常非常短。

看不見那個男人的臉。

「我跟以前不一樣嗎？我是說做愛的時候。」事後女人問趙剛。

「有一點點不同，好像比較安靜，甚至太安靜了，昨天晚上你說了很多話，後來還去陽臺抽菸。」

問這個或許有點傷他的心吧！如果我已經不記得昨天的一切，我跟他就是完全毫無關係的兩個人，我跟他做愛只是想找答案而已。感覺並不是不好，但我並沒有資料可以比對，以為可以從身體反應裡找出什麼線索，但是找不到。唯一可以知道的是，男人對我很體貼，做愛的時候他流了很多汗，把我的身體都弄溼了。

「我們是互相喜歡的嗎？」女人問他，他微笑著摟住了她，「妳連這個都不記得了，我還能說什麼呢？」

「但我現在開始有點喜歡你了，你是我新的記憶裡第一個出現的人啊！」女人輕撫過他的眉毛，光線底下他的眼珠是淡褐色的，細長而深邃，她一直往那眼珠的深處望去，逐漸感覺到暈眩。

「很高興我是妳第一個看見的人。」男人兩手托著她的下巴，輕吻了她的額頭。

「睜開眼睛，世界是全新的，我什麼都不知道，然後看見一個帥哥。這樣算是運氣很好吧！」

「真不敢想像如果妳是一個人在酒店裡醒來發現失去了記憶，要怎麼辦呢？」

趙剛彷彿真的很憂心地望著她，再一次地緊緊地將她擁入懷裡。久久久久，她沒有開口，一些眼淚湧出，內心深處有無法辨識的悲傷。

一個沒有記憶的人，是我。在異國，在陌生人懷裡安靜地哭泣，現在，無論什麼地方對我來說都是異鄉。任何人，包括我自己，都是陌生人。

「接下來該怎麼辦呢？」她問他，也問自己。

「妳在金邊多留幾天，或許慢慢的就什麼都想起來了。」他嗓音輕柔，語氣和緩，想來是一個溫柔的男人。

「原本我們約好中午要跟一些人吃午飯的，妳還想去嗎？」他說。

「是我認識的人嗎？」她知道這句是廢話還是說出口。

「有兩個妳認識，其他是我要介紹給妳認識的。妳跟我說想去大理旅行，我想給妳介紹幾個朋友，到了那邊有人接應妳。」

「我什麼都不記得，別人會發現吧！」

「妳只要一直微笑就好了，什麼都不必說，別人不會發現的，需要的時候我會暗示妳，這個人姓什麼，誰是誰，我會提醒，反正也都不熟，就當去走走。妳一直在飯店會悶的。」

「我只要一直微笑就好了嗎？」她說，好熟悉的一句話，在哪兒聽過呢？差一點點就要想起什麼了，記憶的碎片像破裂的鳥羽隨著微風飄散，飄過去了。只是一瞬間的事。

李美娜檢查隨身帶的包包，裡面有一些美金、護照跟一個小藥罐，一個小名片夾，一本黑色皮封面的小筆記本。護照上的名字是：「李孟蘭」，一九八〇年生，女人沒讓趙剛知道，她也不記得為什麼要說自己叫作李美娜。她到底是幫哪個雜誌社工作呢？筆記本裡沒有寫明，只寫了三個緊急聯絡的電話，那些名字她一點印象都沒有。房間角落擺放一只褐色行李箱，如果打開它是否會發現更多自己的祕密？

眾人在聊天的時候李美娜都在翻看自己的護照與筆記本，上次入境的日期是六月十四日，離境是六月二十九日，機票的幾張存根表示這中間她去過了吳哥窟，筆記記錄她去了洞里薩湖、大小吳哥，而後去了金邊市，一路上她認識了許多人，筆記本裡詳細地記載著遇到了什麼人，姓名，職業，飯店、餐廳的地址店名，購物的商店，相機裡都是古剎、佛像、神廟的照片，湖面如鏡、美景如夢，那些巨細靡遺的紀錄如今對她而言只是一些字而已。她胡亂翻閱那些片段的紀錄彷彿在偷看別人的日記，這個寫日記的人怎麼發生了這麼多事呢？整齊的、凌亂的、甚至無法辨識的字跡，那是她寫的嗎？女人拿出袋子裡的簽字筆企圖寫下一些文字，手卻抖得厲害，她用左手按住發抖的右手，終於寫出了一些中文字，然而，那看起來跟筆記本裡的字跡一點都不相像。這下信用卡不能用了，她擔心地想著，皮包裡到底還有多少錢幣跟美金呢？就算飯店裡有保險箱她也不記得密碼了。

奇怪啊她記得信用卡跟保險箱這種東西，好像所有的事物都記得，除了關於她的部分，什麼都記得但是不記得關於她自己，這不是很奇怪嗎？世界依舊轉動，只是把她取消了。

跟著趙剛和幾個在金邊市工作的中國商人到處去逛，炎熱的天氣裡李美娜不停地流汗，一會又進去開著強冷冷氣的賓士車裡，錯落的空間裡不斷加溫或失溫的她，大家都沒有發現她失去記憶的事，「只要一直微笑就可以了。」謹記著趙剛的叮嚀，但她不明白為什麼自己要跟這一群商人在這裡吃飯喝酒逛大街，雖然他們對她很照顧，但是，我到底留在金邊要做什麼呢？

我到底為什麼會跑到柬埔寨來呢？

晚上李美娜喝醉了，晚飯的時候大家都跟她敬酒，誰來敬酒她都喝，她不知道自己酒量好不好，但她企圖讓自己喝醉，或許大醉一場她就會現出原形，就什麼都想起來了，結果沒醉，腳步輕飄飄的但是喝不醉，她沒在餐廳裡出醜，然而當人群散去，只剩下她與趙剛獨處，他們在酒店裡走逛，酒後的醺醉裡，李美娜一點都記不得自己半年前曾經來過這裡，她好奇地在這間帶著法國殖民風格的酒店裡四處巡走，天啊，好美，那部鐵鑄的籠電梯、扶搖而上的階梯、大理石、花崗岩馬賽克瓷磚等各種材質與色澤的地板，每個細節都令人陶醉，餐廳、紀念品間、展覽室，木質、鐵鑄，每一扇沉重的門彷彿都書寫著歷史，那些古舊的燈盞或方或圓，投射出柔和的光，所有家具木作都飾以浮雕，連櫃檯的木雕都特別精細，「妳之前最喜歡泳池與仙女露臺」趙剛帶她逐一去看，走出大廳，夜色中的泳池倒映著月光，四周林木搖曳，穿過紅色木門，充滿儀式感的仙女露臺是用餐與表演仙女舞的地方，趙剛對她強烈的反應感到有趣，「之前妳寫過這酒店的報導啊，酒店的歷史還是妳跟我說的呢，如今妳都忘了。」

趙剛對她說，萊佛士酒店，擁有八十年歷史，黃白兩色的外觀，為法式殖民地建築，建築保存完善，設備也經過適度更新，發散濃烈的古典氣息，「妳第一次來的時候就說，感覺應該為這裡寫一篇小說」趙剛說，「甚至拍一部電影，妳說，給我拍的話，要叫作落日酒店。」

落日酒店，這四個字敲擊著她的心。

我不是李美娜我是李孟蘭，誰知道，或許我也不是李孟蘭，或許這護照是偽造的，那照片上的人跟我一點都不像。我是誰？來這裡做什麼？

她有一種想把護照撕掉的念頭。

回到房間的時候趙剛吐了，用熱毛巾幫他擦臉，女人倒熱茶給他喝，然後他睡了。

躺在他身邊她睡不著，包裡的藥罐子是什麼藥呢？有三顆粉紅色橢圓形的，五顆深藍色非常小的圓形，還有三十顆白色長橢圓形的藥，這麼多藥是做什麼用的呢？

喝不醉，睡不著，躺在床上只覺得天旋地轉，或許這是記憶要回復的前兆，她繼續翻閱那個黑色小本子，打了其中一個緊急聯絡人的電話，名叫「阿卡」的人，電話接通，她輕聲說：「Hello，是阿卡嗎？」

「我是。」是個很低沉男人的聲音。

「是我啊！我在柬埔寨。」她心虛地說。

「孟蘭。妳怎麼都沒消息啊？我找得好心急？妳為什麼要到柬埔寨去？」那人說。

啪一聲她突然掛掉了電話，心跳得好急，衝進廁所開始吐了起來。

接下來的日子，他們倆說了很多話，走逛許多地方，都是她上次來過喜歡的地點，趙剛說上次他們在機場相遇，兩人都是初到此處，與趙剛交接工作的同事帶他們遊歷此城，那時他們都住在這家酒店，不同樓層，相仿的位置。

此次相約再見，趙剛已經在金邊安頓了房舍，李美娜卻說自己還要住在萊佛士酒店，趙剛才訂了這個房間。頭幾日趙剛白天去上班，李美娜自己到處晃盪，她失憶之後，正好遇上假期，趙剛盡可能一直陪伴。

沒有非做不可的事，為了喚醒記憶，他們把上次的經歷重演了一次。

「那晚妳就是這樣來敲我的房門，大概晚上十一點吧，聽見房門響，嚇了一跳」，他們站在房門口，趙剛舉起手作勢敲門，還真咚咚咚敲響了幾聲。

「明明可以按門鈴的，妳卻敲門敲得那麼急，我打開門時，好像有誰在追逐妳一樣，妳一臉驚慌快步跑進了我房間。」趙剛說。

「然後呢？」李美娜問他。

「然後妳就餓虎撲羊啊！把我撲倒在床上！」趙剛笑起來，作勢把她撲倒。

「竟然這樣不害臊？」她自己也笑了。

他們和衣躺在床鋪上，一個人記得另一個不記得，但趙剛描述那個夜晚的氣氛好像還流淌在房間裡，柔情蕩漾，他們這樣那樣，開始了一整夜的溫情。但回憶時他們並不交纏，只是靜躺、仰望著酒店房間挑高的天花板，彷彿天上有星，可以隨手指出來。和衣並肩這樣躺著，感覺更加親密。

「其實那一晚妳不來，我也會去找妳的。」趙剛嘆了口氣，轉過身來，「想不到妳都忘了。那個夜晚我永遠會記得。」

「你還記得什麼呢？我想知道那晚的我，你記得的都告訴我。」她說。

趙剛像描述一部電影那樣訴說著。

妳急急跑進房間，我問妳怎麼了，給妳倒茶，妳喝了一口茶，才鎮定下來，妳說泳池好美，妳繞著泳池打轉，一圈又一圈，妳說月光照在池水上，讓人想跳進去。可惜池水淹不死人。

妳突然說，「這裡太美，讓人捨不得死。」

上。

我問妳為什麼想死。妳搖搖頭不說話，然後投身向我，我們就倒在床鋪上。

趙剛突然紅了臉，像想起什麼害羞的事，笑笑說：讓人害臊的事，發生在我們身上卻很自然。妳說了，「早一點遇見你就好了。」那句話一直在我心裡回響，分開後這些日子，我總是想起妳說過的話，有許多瘋瘋癲癲的，有些卻是那樣實實在在，打在心裡，像刻字一樣。妳打電話說要再來金邊，我很歡喜，但我聽妳的語氣，又想起那晚妳被什麼東西追逐的樣子，感覺好像無處可逃，非得逃到這裡來。

李美娜靜靜流下眼淚，好像體內滿滿是水，需要認真傾洩，趙剛伸手去拂拭她的眼淚，淚水太多太急，他手就不動了，大大的手蓋著她的臉，她感到體內的悲傷無邊無際，需要大哭一場，她開始嚎啕大哭，趙剛沒說話，只是認真抱著她，「哭一哭會好一點，沒關係，就哭吧。」

接下來的兩天過得很平靜，沒有想起什麼，但那天大哭之後，李美娜心裡有某種鬱結鬆開了，她想著順水漂流，流到哪算哪，趙剛問她要不要延後班機，多留幾日，表定七天，李美娜雖然想多留，卻也覺得不該如此，所有一切都自有安排，她只能順著未失憶之前的安排走。

上帝用七天創造世界，李美娜用四天想把自己找回來談何容易。時間到了就該走了。

離開金邊的前一晚，她慢慢整理行李，小小的行李箱，沒有太多衣物，箱內夾層有一本書，是波拉尼奧的《狂野追尋》。封面已經被撕掉，看起來已經被翻得很陳舊了。睡前她翻閱著那本書，對其中許多字句有所感覺，尤其是畫了線與注記的部分，可這些微弱的感覺無法喚起什麼記憶。

瑪格麗特給我們朗讀完德斯諾的詩之後——是在你聽完某段真的很美的東

西後陷入沉默的瞬間，那樣的瞬間會持續一兩秒鐘或一輩子，因為在這個殘酷的世界，有些東西對每個人都是有意義的。（二百七十四頁）

某些東西對每個人都是有意義的，她得把那些東西找出來。她想，就像趙剛那天對她陳述的那樣，已經遺忘的，還可以去重建起來，可以再現一次，也可以用新記憶覆蓋舊的，只要發生過，就屬於她。她現在是擁有三天記憶的女人，這三天的記憶都美好，每一個畫面都嶄新，她若回了臺北，就要一點一點把自己重建起來。

最後一日兩人早起，她很愛惜地吃著飯店早餐，餐廳非常美，每一件器物觸感都良好，她久久望著杯盤，撫摸著沉重木桌的邊緣，細心使用刀叉，小口小口飲食，窗戶望出去就是庭院，時間安定在這個空間，發生在這場景的所有事物都像是小說裡描寫出來的，帶著被歲月淘洗過的痕跡，悠悠蕩蕩，轉眼已經成為歷史。

趙剛開車送她到機場，他說：「遺忘了過去不要緊，重要的是好好活著，活著就可以創造新的記憶，只要好好活著，生命自有它的意義。」

到了機場，趙剛細心交代搭機種種規則，李美娜感覺每個步驟都像印在腦海裡一樣明晰。終於到了分離時刻，李美娜問趙剛：「你希望我記得你嗎？」在機場的大廳裡，她感覺到接下來就要一個人面對這陌生的世界了，有些害怕，她沒有說出口，趙剛或許發覺了，不斷地緊握著她的手。

「如果有天妳想起了自己，告訴我好嗎？」趙剛回答。

「或許，那時候我會回來金邊找你。」她說。

「就算一直想不起來，還是可以回來金邊找我。」趙剛說。

她搖搖頭想甩去那些沒來由的傷感，她用力地擁抱了趙剛，有那麼一瞬間她覺得這些畫面非常熟悉，是過去某一刻的再現，答案可能都在臺北，她得回去找出來。於是她放開趙剛，轉身快步走進候機室。

「不如我們重頭來過。」她腦中出現這個聲音，有一部電影，光線昏暗，音樂婉轉，她腦中赫然出現電影裡兩個男主角的臉，是年輕的梁朝偉跟張國榮，她曾經看過一盞燈，紙質燈罩上印著大瀑布，燈罩會慢慢旋轉，不如我們從頭來過，音響裡播放著音樂，有個聲音說出這句話，不只是臺詞，她想起有個男人不斷地對她這樣說，每次一說，她就會嚎啕大哭。

原來人生真的可以，從頭來過，這世上真有如此大腦機制，使人一夜失憶，又在瞬間全部記起。

「再見！我希望能再見到你。」她轉頭大聲對趙剛說。

趙剛似乎沒有聽見，他一邊往前走，又不停地回過頭來對她揮手。

再見了，陌生人。

就在趙剛離她愈來愈遠，逐漸離去的背影裡，她聽見行李箱輪子在地板上滑動的喀啦聲，她忽然記起了一切。記憶來得如此之快，好像從來未曾消失。半年前他們就是在這個機場，就是這個輪子壞掉的行李箱讓他們認識的，那時她推著東倒西歪的行李箱，趙剛從背後走過來問她：「有什麼需要幫忙的嗎？」然後她回頭，看見高大的他。

她記起來了。「我不是李美娜。我叫李孟蘭。我對你說的一切都不是真的。」我沒忘記，我都記得，我只是剔除了我想遺忘的，我只是恨不得自己人生全部抹滅，記憶改寫。我希望不記得於是我就忘卻了。

上次在金邊偶遇，相處了幾天，這次，她是來道別的。她原是一個有丈夫有孩子的女人，兩年前孩子意外過世之後，她就開始不斷地自毀，她過度工作、四處出差，長期酗酒、在異國與陌生人偶遇，就假借身分與他人交往，回到家時她無法面對她丈夫，不能忍受屋裡沒有孩子的聲音，「不如我們重頭來過，過去的一切都沒關係。只要妳回到我身邊，別再逃開了。」丈夫溫柔地說，「可是我已經壞掉了。」她說。孩子的猝死，好端端抱在懷裡活潑潑一個孩子，突然變成了一個冰冷的屍體，她無法面對這樣的死亡，死亡不由分說，不給任何機會，而她無能怪罪任何人，「孩子可以再生，只要我們依然相愛，只要妳還在我身旁。」阿卡說。他怎能這樣說？那段時光，她變得恨他，好像就是因為他無盡的溫柔，使她變得無路可走，悼念需要時間，但他的光明、正向，他那些努力想要重新整頓生活，想要讓孩子的死亡變得更輕微無傷的所有舉動都讓她發狂，她沒有能力殺掉自己，於是就殺死他們的婚姻。她堅持要離婚。阿卡把房子留給她，她卻沒辦法好好待在屋子裡。

離婚後她開始瘋狂地工作、旅遊、在異國與陌生人短暫交往，「倘若我沒有結婚，那麼我就不曾懷孕，倘若孩子沒有出世，也就不會死去。」她恢復婚前浪蕩的生活。每天夜裡她都在浪遊。「我沒辦法重頭來過。」她哭號著，企圖變得更壞一點，然而再多的浪遊也挽救不了她。她無法回到過去，也不能重新來過，她只想死。每夜她用刀片劃開自己的手，流出一點點血，薄利的刮鬍刀片劃開皮膚，那種痛楚才可以使她繼續呼吸。

在狀況最差的時候，一個念頭閃現，她記起在旅途上認識的陌生人，是最良善的那一個，在半年前因為採訪飛到柬埔寨，那次的旅行因著聖地的潔淨使她彷彿看到了一點點得救的可能，她記得那些佛窟裡的神像，記得那些良善的人們，以及最後回到金邊時，偶遇的商人。她在浪遊時從不動情，但是那個叫作趙剛的男人與眾不同，他笑起來就像個孩子一樣。那幾天的他們一直像朋友一樣相處，趙剛以禮相待，對她沒有半點輕薄，直到最後一天，她去敲了他的房門。

對，去找他。

那個聲音對她說，去尋找那個在異國認識的男人，那個彷彿從往昔騰空複印而來的酒店，非常適合尋死。

趙剛對她一無所知，他不知道她失去所愛、對生命絕望，他不知道她企圖自殺，長期自毀，在他面前，她就只是一個半年前偶遇的女子，記者、作家、陌生人，他只知她流露一股神祕的氣息，但就是因為這份不知情，他對她毫無防備，不能阻止她死。

她原本計劃好就要在那個有個絕美泳池的酒店某一處安靜角落靜靜地尋死，但她一到酒店才發現自己其實想活，她想逃避的只是痛苦的感覺，她沒有能力尋死。在失去記憶的前一晚，「今天就要死。」她獨自在飯店的花園裡繞圈，一圈又一圈，她帶去大量的安眠藥與感冒藥，手上提著一瓶威士忌，只要將那些藥物混合著酒精全部吃下去，一定可以死在這個她最喜歡的酒店，她的計畫如此縝密，卻在花園裡因為看見天上的月光而打消了死意，她記起來了，那晚的月光，飯店花園高大的樹叢間延伸而上的黑夜裡一輪月圓，銀色月光灑落游泳池水之上，她不斷從天頂圓月來回凝望這月光灑落的過程與其映照的範圍，內心的悲傷絕望慢慢轉化成一種極為慢速、無限延伸的感覺，她說不上來那是什麼，更接近於空，彷彿前方沒有什麼在等待，後面也無任何事物在追趕，過往所有錯誤、傷害、痛苦都在這些光照之下消融，連她這個人的存在也被融化在這無邊的銀色月光裡，她第一次感受到了肉體幾乎消失的感受，著魔似地一直凝望著那一片月光，或許就是這份強烈的印象，她經歷了長久以來最安穩的一次長眠，使她在第二天起床後暫時地失去了關於自己的所有資料。

我全都想起來了，趙剛。

我可以是我，也可以不是我，我可以是任何人，也可以不是任何人，我如何看待世界全憑我的意識決定，世界是新的，即使痛苦是舊的，憑藉著意識的改變，我可以在剎那間完全改變。

她感覺世界就像魔術方塊一樣，可以不斷再生重組，自己過往的生命、所有經歷的事件，都不再只是過去她想像、理解的那般，意義並非早已被固定寫就，她確實失去了一個孩子，但未必她就只能痛苦地尋死。痛苦是真的，死亡是真的，逃避沒有用。

如何穿過痛苦而不毀滅，有很多可能，她必須自己去創造出來。

她繼續往前走，她知道等在她前方的是什麼，她要回去那個充滿回憶的地方，逐一收拾那些寶寶的用品，那些小小的衣裳，還留有寶寶的氣味。她可能會痛哭，會崩潰，會一次一次再現當她瞌睡醒來發現孩子已經死去時的驚恐與懊悔，她會把這一年裡應該體會的痛苦悲傷都再體會一次，或許多次。她不知道自己能不能承受，但她想要去承受，去體驗，她想要或長或短的認真經歷，用手指用身體去觸摸感知那些情狀與質地，寶寶出生，成長，以及死亡，她短暫的生命裡所有的一切，每個細節，她不想再抱頭鼠竄，她要抬起頭走向前去迎接，寶寶值得她這樣做，她不願再為了逃避痛苦而遺忘，她不要因為恐懼失落而拒絕去愛。

那滿池的月光啊，那座充滿回憶的酒店，她拾級而上，一步步踏上那座迴旋階梯，猶若進入記憶的長廊，她慶幸自己還能痛哭，還有能力顫抖，還可以擁抱著誰哭泣，因著誰的體溫感到暖和，這個活生生的身體雖然無用，卻結實地承接了她這個生命的存在，我們不會因為看不見一個人不能去愛。我們不會因為一個肉體結束生命就取消她的存在。

她頭也不回地走進機艙，找到自己的座位，沉穩地放置背包，扣上安全帶，她聽見飛機起飛前在跑道上的滑行，不一會就會拉高機頭，提起機翼，進入高空。

她凝望機艙邊狹小窗戶，機身進入雲層，萬物都在雲霧底下，她彷彿還可以看見那位於市中心熱鬧街邊，那座淡黃色的酒店，落日餘暉中緩緩淡去的形影，標誌著旅人沒有記憶的時光，幸而那兒沒有成為她的喪身之所，反倒有機會成為她新生之處。她將要回去書寫它、她要設法記住這個屬於她的落日酒店，以及那個善意的男人。

W 沃林格

黃崇凱

沃林格

L'abécédaire de la littérature
W comme W. Worringer

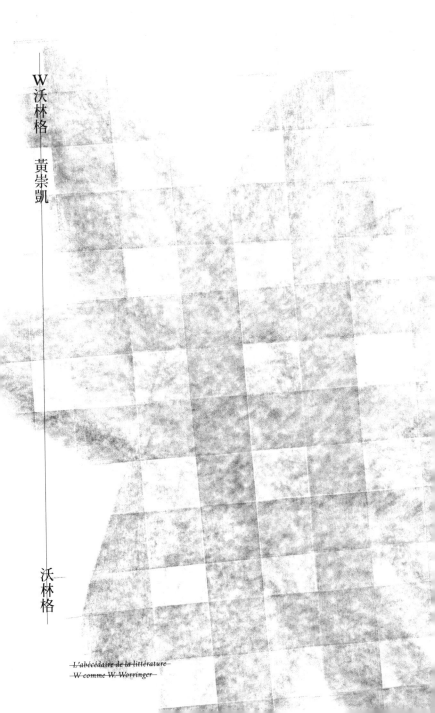

一九六八年末，一列從巴黎出發的長途火車，穿越兩個德國，穿越甜菜構成的海洋，穿越廠房、聚落，穿越層疊繁複的冬夜，前往布拉格。列車在旅途中一點一滴蒸散紛擾人世，搖搖晃晃地瀝乾思維瑣屑，幾乎全部旅客都不分貴賤、階級，平等地被夢境運送著。除了一間包廂。有個叫作胡里奧的大鬍子高瘦男子，指間夾著抽到一半的紙菸，向另外兩位旅伴述說著前一年過世的爵士樂手John Coltrane。本來他們要睡了，但其中叫卡洛斯的，留著一道修剪整齊的唇上鬚，好奇發問爵士樂何時開始有鋼琴。胡里奧像在腦中搜尋檔案，深深吸了口菸，隨即從十九世紀末的爵士先驅散拍音樂（Ragtime）說起，邊說邊想似的，談紐奧良出身的鋼琴好手"Jelly Roll" Morton（這傢伙宣稱自己在一九〇二年發明了爵士樂），數到紐約的鋼琴手James P. Johnson怎麼將藍調樂曲的靈魂注入正在茁壯的爵士樂。胡里奧彷彿抖開了一張爵士鋼琴手的系譜，逐一數算，他管風琴似的聲音彈奏字句，兩個朋友聽得像家教學生。不過還是可以看得出叫賈布的矮壯男子，搓著人中的鬍鬚，時不時抓抓一頭爆開的卷髮。他是比較不專心的學生。卡洛斯沒想到他隨口問問，引出胡里奧那一大串纍纍葡萄似的人名。他們在搖籃般的深夜，跟著飄散在車廂中的煙與詞語，間或半小節一小節跳現的破碎曲調，伴著啤酒、冷掉的香腸和薯泥，就像待在一列所有人夢中隱約見過的火車。

她抵達池上車站，驀然想到第一個夢見火車的人可能做著怎樣的夢。她調整南瓜帽的角度，順好兩鬢到耳後，戴上蒼蠅眼大墨鏡，遮蔽過於猛烈的陽光。整建新造的池上車站，據說以木造穀倉造型呼應池上米，站內木造半圓拱形柱撐著雙斜屋頂，沒有多餘裝飾，穿過月臺廊道，出了剪票口，迎面是玻璃帷幕，遠處有雲，暗綠色的山稜，近處翠綠的植被，兩邊排排站的商家和車輛。她想到一個空曠、天際線寬闊的地方，獨自度過四十歲的生日。時間是十二點四十一分。行前查了好幾家民宿房間，發現有單人房的似乎不多，最終選了忠孝路的背包客棧雙人套房。她來到這間民宅樓房，向櫃檯領了鑰匙，上了三樓房間。進房第一件事要檢查床底，ＯＫ，接著看看浴廁，ＯＫ，確定沒有其他人。或許是少女時期看多了驚悚漫畫、電影的後遺症，她在外住宿，總得查看過才能安心。外頭天光燒得白熾，被削得薄透的窗簾遮不住滿溢的明亮。她躺在偏軟的床墊上，雙腳著地，面向天花板，瞇著眼，等走來民宿路上積累的一身燥熱散去。瀏海髮絲黏在額頭，她撥開頭髮，抹了一手掌的汗。躺了幾分鐘，起身點開空調，開了電視，再躺回床上，閉著眼聽。正巧播著池上、關山一帶的旅遊節目，兩個出外景的主持人一搭一和，跟在地的店家漫遊。她聽到離民宿外不遠的大坡池，聽到走一段路就看得見的金城武樹，聽到一些返鄉青年的經驗談。她感覺身體正在降溫，前夜起始不斷堆積的疲勞有如積木被逐一抽走，終於潰散在夢裡。

日後他們偶爾會想起，在布拉格洗三溫暖的經驗。火車在清晨時分開進布拉格車站，出口處窣窣等著的高瘦子米蘭迎面給他們一人一個擁抱。米蘭當時沒見過他們，不過拉丁美洲人在這卡夫卡的家鄉，就像那隻一早醒來變成的巨大甲蟲一樣明顯，誰也不可能忽略。客人們預計待一星期，米蘭打算帶他們在城裡四處逛逛，他準備的散步路線，可以從卡夫卡的出生地、卡夫卡父親經營的商店、卡夫卡工作過的勞保局等等串連起一條從生到死的虛線。這一年實在發生太多事了，整個世界似乎陷入熱病，先是布拉格之春，再是美國的黑人民權領袖被刺殺，接著是巴黎的五月風暴，然後是卡洛斯的家鄉墨西哥市爆發的血腥鎮壓。米蘭的耳目始終保持警覺(他知道自己上了黑名單)，隨時注意周圍的細節，畢竟從蘇聯坦克開進這城市那一刻起，就輾碎了所有年輕人曾經熱切期盼的自由。

在舊城廣場Maiselova大街5號的建築裡，卡夫卡曾看著窗外的圓形小廣場，說自己這一生都關在這個小圓圈。賈布說年輕時就是讀了卡夫卡的小說豁然明白小說原來可以那樣寫。他們在廣場上走了幾圈，像群出差的土地測量員，蹲下觸摸腳底的石板，彷彿那樣可以測量出卡夫卡的足跡。米蘭帶他們去Parizska大街30號，向他們介紹這就是五十多年前那篇《變形記》的創作地點，不過原先的建築早已毀於戰爭末期的一九四五年。米蘭很高興可以跟他們聊卡夫卡，他老早就弄來地下印刷的卡夫卡著作，懷著受迫、驚喜的熱情一一讀過了。他跟其他作家都約莫在十多年前才接觸到這位土生土長的德語作家。雖然許多建物撐過戰爭遍布或大或小的毀損，但這也不是這城市經歷的第一次戰爭了（這可是一千個塔尖的城市啊）。幾百年來槍彈來去，樓起樓塌，教堂的鐘聲仍然在響，查理大橋下的伏爾塔瓦河依舊靜靜地流，為數眾多的哥德式、巴洛克式建築物，從卡夫卡的生前矗立到他們眼前，而那座城堡像是可以再延續一千年。

米蘭開玩笑說，幸好卡夫卡在這城裡住過十幾個地方，也寫過不少描述城中實景的作品，我們分幾天慢慢走。他安排了一些在地朋友約在 Café Louvre（也是卡夫卡常去的咖啡店）跟這幾位遠方友人聊天。這是表演給監視他們一行人的眼線看的，故意表明他們的磊落坦蕩。後來米蘭領他們去洗三溫暖，這才從裸裎相見、蒸氣氤氳，充滿水分的耳語中，敘述了自從坦克進城占領的真實生活。從三溫暖出來，他們沿著伏爾塔瓦河邊漫步，臉頰紅潤的卡洛斯和賈布，呼著氣向米蘭抱怨身體洗得太熱了，米蘭露出促狹的笑，猛地一把將他們兩個推落河裡，十二月上旬的河水凍得兩人霎時喘不過氣，狼狽游上岸的兩人癱坐河邊，呼哧呼哧，風一吹，又更寒冷了。賈布對卡洛斯說，剛那一會，我真以為我們就要死在卡夫卡的家鄉啦。胡里奧、烏格涅大笑，米蘭引述了卡夫卡的一段話，大意是人們該讀那些會使你頭蓋骨疼痛的書，讀書不該只是為了娛樂。我們該讀的書要像一把劈開你心中凍海的刀斧。米蘭說，朋友們，這就是我們該寫的書，我們寫的書就該如此！

她從矇矓的夢中醒來，像從很遠很遠的古城旅行回來，暈沉軟爛，周遭亮度比睡前低了幾個刻度，電視播著整點新聞。她內心怨嘆，結果大老遠跑來這裡睡午覺，還睡得肩頸都僵了。她慢慢起身，伸展雙臂，畫著半弧形，左右側翻鬆開腰臀，立起上身，緩步走進浴廁，尿尿，洗臉。出了民宿，越過大路口，沿著池富道路步行，兩旁都是綠得亮眼的稻田。傍晚的陽光柔軟不少，偶有輕風，她盯著手機地圖，看著自己的定位點在平面地圖上移動，經過路旁豎立的說明牌子寫著農夫某某種植多少面積的什麼稻米品種，前往大坡池。她沿著步道打算繞行大坡池一圈，三兩遊人，間有幾輛腳踏車路過，池中有一二竹筏緩緩劃開水面。走到蓮花密集區，葉面或平貼或微彎，遠山淡影，細細塗抹光度靉靆的雲彩。她知道太陽落到西邊去了，眼前景物都漸漸沾染一層稀薄的陰翳，物體變得更為立體，像是所有的光明都藉著細微的闇影支撐。她這時才發現平常習慣城市嘈雜聲響的耳朵，遭逢這偌大的一池安詳，像是有人把接收音波的開關轉低了，像是突發的失聰。不過總有摩托車遠遠近近的排氣聲反覆驗證她的聽力正常。

她走回忠孝路上，轉進中東三路，按著網路地圖推薦餐廳，吃了分量巨大的炒麵，吃得滿嘴油膩。勉力挑出麵裡配料，還有三分之一的麵在盤裡。她羞赧結了帳，走在中山路上，看到池上書局，門口白貓斜躺在旁。她穿過兩側商品架掛滿的立可白、各色原子筆，想看看後頭兩排書櫃的內容。她跟戴眼鏡的老闆點點頭，自己看了起來。蔣勳、劉克襄、蔡康永、陳文茜、侯文詠著作最多，包括簡繁體版本，有些則分不清是放了很久沒賣掉的書還是這些名人捐出來的書，只有幾格放置新書。她看完，點點頭退出，天空完全暗下，街上店家的招牌都亮了。她走啊走的，穿行在街巷間，還越過鐵軌，見到廢棄許久的老戲院。夜闇中藉著路燈和民居可以看到手繪電影看板，大概是重新複製貼上的老電影海報，盡皆斑駁剝落。她對著張著黑色洞口的售票孔，看不見融在黑夜裡的戲院內裡。不遠處有狗吠，伴隨抖動鎖鏈的碰撞，她循著來路返回燈光密集的街市。街上兩家連鎖便利超商像是兩架捕蚊燈，誘引著她進去。她決定到池上鄉農會的生鮮超市，買點零食、水果。回去民宿的路上，她只擔心晚上精神太好，拖得太晚睡，隔早爬不起來到伯朗大道看金城武樹。

胡里奧對烏格涅感嘆，如果不親身到布拉格，不可能真正理解卡夫卡寫的東西。烏格涅點點頭，閃過的是黃昏時刻城市塔尖群貼滿世上最富麗的金箔，像是隨時要燃燒。來了幾天，儘管低調跟在地同行見面談話，但他們都累了，簡單洗漱，關燈就寢。旅館的暖氣烘得她臉熱熱的，鼻子不大舒服，枕邊的胡里奧已經睡沉。她偏著頭，側躺空想，在她東邊的家鄉再往東，假設是個與他們的種族、語言和文化差異最大的遠東地方，好比說嘛，一個印度人或一個越南人或一個中國人，有可能怎樣跟我們此時的經歷或這個城市或那個在家鄉之外廣為人知的卡夫卡，發生哪怕一絲連結？這個想法本身就跟躺在旁邊幾公分處的大鬍子可能會寫的短篇小說很接近。她繼續想。一個女子，大她幾歲好了，假設四十，不如就讓她自己到一個小鎮，在那個誰都不認識的異鄉漫遊。年代或許是五十年後，她但願那時的女人，不管有著怎樣的膚色和面孔，都能自由自在，有著不知畏懼的安全感，不為什麼在一個從未到過的街市上走來走去。在那個很東方很東方的鎮上，走路，吃飯，睡覺，擁有明天不知道要做什麼的小苦惱。對了，天氣要熱，陽光要烈，全然與現在相反，她覺得鼻血要流出來了。她仰頭，吸著鼻子，人中搔癢，一條溫暖的濃稠液體正在下降。她掀被翻身，踮著腳尖進洗手間。她拿毛巾抵著鼻孔，坐在馬桶上，抬頭。漆黑中，她慶幸著月經才來過。她想到稍早在某作家的住處，有個叫伊凡的(應該是這名字吧？)，說他深深被卡夫卡日記中的一個句子震懾了。伊凡背誦：「德國對俄國宣戰。——下午游泳。」那是一九一四年八月二號。她那時想到，那天哈謝克在做什麼？他已經入伍準備參戰了嗎？

她沒睡好，起了大早，穿戴防曬衣物，先到大池豆皮店吃煎豆包、喝豆漿，第一次見識豆皮的誕生。三排長條木架，切割成一塊一塊，底下燒著柴火，桶內煮著豆漿，整個空間豆香和蒸氣瀰漫。她見豆皮一張張從乳白色豆漿表面刮起來，掛在上方的竹竿瀝乾，每支竿上掛滿像是髮廊洗好晾起的毛巾。眼壓沉重，肩頸痠緊，她還是慢慢走上三公里路，來到廣告中出現的場景，一條灰色道路切分兩塊稻田，路到盡頭是濃墨的山和鑲金的雲。有三兩遊客在醜陋的人造取景相框前合照，旁邊立著「伯朗大道」字樣的假圓木。不遠處就是那棵孤獨的茄冬樹。她等幾個遊客跟金城武樹拍照後，趁著空檔，上前觸摸樹幹。它曾在一次颱風中倒下，種回幾年，又撐過了幾次強風豪雨。後來蔡依林也來玩，鄉公所把握機會，正式將她跟朋友合照打卡的茄冬樹命名為蔡依林樹。她掌中的手機地圖顯示許多地標和照片，時間融化在那些擷取自眼前景象的圖檔。有幾輛腳踏車正往這棵樹移動，她想，幸好現在只有我。她的下腹像隻狗翻了個身，胯下的血汩汩流了出來。她還得走三公里路回民宿。

返回巴黎的長途火車上，三個同行男子不像出發時那麼興奮，他們已經到過布拉格，跟許多當地寫作同行聊過，略略觸摸到所謂的鐵幕和占領是怎麼一回事。博學的胡里奧說，他在出發前就讀過米蘭第一本小說的法文版，不過不怎麼確定翻譯的優劣。他自己做過不少翻譯工作，深知那本在風行捷克斯洛伐克的小說能在裝甲車開進布拉格後三個月出現法文譯本，想必有許多問題。

不過他也難以就法文版內容跟米蘭確認。他們隱隱感覺，再訪布拉格的機會渺茫。烏格涅回想在布拉格的時光，時間透過足跡凝固下來，具體化成三個區域。這也是米蘭告訴他們的，城裡的語音混雜著捷克語、德語和意第緒語，大多數居民都曉得一些日常語彙。本來也有三種文化的合流並行，但猶太人在二戰後人數銳減，沒去美國的，大都在集中營消逝了。包括卡夫卡的三個妹妹。可是在那城裡遇見的人，並不讓她覺得絕望或悲觀，照常說笑、喝酒、跳舞和做愛（他們說這件事無法查禁）。是瓦茲拉夫還是約瑟夫說的，這裡的人很能體會悖謬。所以會誕生卡夫卡這樣洞悉現實荒誕的作家，也會誕生像哈謝克那種滿不在乎、消極又幽默的作家。這兩個人的生卒年差不多，住處只隔幾條街。卡夫卡的作品由好友布羅德整理出版，哈謝克未完成的《好兵帥克》摘錄篇章最早也是由同一個布羅德翻成德文發表，才廣為人知。是楊還是傑利說的，在這三個人身上就可以看見三種文化的匯聚，他們就是布拉格心靈。蘇聯占領的只能是外在事物，他們侵犯不了布拉格的深邃內在。也許是阿諾斯特說的，他們連我們的門牌號碼都占領不了(蘇聯軍隊進城時大多居民都把門牌拆掉意圖讓他們迷路)。她在火車上回想這些,漸漸遠離布拉格,最終布拉格會變成一個點,隱沒在退卻的地平線,變成回憶片段。她想像大塊時間就像一條馬路兩旁的田地,盡頭有山,山上有雲。她只是從馬路上的這棵樹,走向另一棵樹。她日後會聽聞,布羅德在以色列的特拉維夫過世,就在他們回到巴黎後五天。不過她此刻在昏暗的車廂內,男人們的氣味,咖啡與菸之間,繼續想像一個女子在島嶼邊緣的小鎮裡晃蕩的感覺。

她想她應該沒被看見。她一確定周圍幾公里內沒有肉眼可見的遊人車輛,脫下防曬薄外套,罩住下半身,迅速從單肩包裡抽出一疊面紙,撩起裙襬塞進內褲。溼熱的腥味殘留指尖,還得走上四十分鐘吧。頂著烈日曝曬,她幻想一切與現在相反的事物,冬天,黑夜,遙遠的古城,欽蔡依林是不是有唱過一首跟布拉格有關的歌還唱到什麼許願池的。她想了一下,不對布拉格廣場沒有許願池。不過這蔡依林是誰，為什麼我會知道這個奇怪音節的名字呢（是中文嗎）。她看看周圍，看看車窗外，仍舊跟去程所見差相彷彿，暗夜中的田園、廠房、屋子，點點燈火，大片大片被塗抹的黑。她想，這是昨天午睡時夢見的片段嗎，更為年輕的自己，三個沉睡雄性氣息均勻，她躺在火車臥鋪上作著遙遠的夢。回到巴黎，她得進出版社，跟同事好好談談這次見到面的幾個捷克作家。她又想到，不知那些混在一起的好幾次談話中，誰提到以捷克語寫作的恰佩克，提到他那本小說《山椒魚戰爭》前言提到：「讓我們的生命出現的進化，不能視為這星球上唯一的進化。」胡里奧插了一句，「噢啦啦！現在我知道十幾年前出現在日本電影那隻巨大的怪獸，原來有著捷克血親！」在場只有卡洛斯和胡里奧看過那部據說極為荒誕的電影。她的鼻血又準備下降了，掏了口袋裡的手帕，她急急拉開包廂門，走往車廂間的廁所。她繼續走，想著等等先到便利商店買衛生棉，回到民宿換掉內褲，將就著昨天的內褲，覓食完畢就差不多要搭下午的火車回臺北了。這就是四十歲生日。真是毫無激動之處。不過要是這年紀還很容易激動，心可就累了。可惜了眼前的藍天白雲，她只能像針腳一針針縫過腳下的柏油路，把這段路縫進記憶裡。以後會怎麼想起這大半天的獨遊，大概也就是留下被大姨媽痛毆肚腹時，自己竟然走在這晴好風景，滴滴答答的流血。她試圖分析為什麼夢裡她要跟三個中年男子搭火車出遠門旅行。那意味著父親、丈夫和兒子嗎？火車包廂又象徵什麼？她在晃動的廁所裡仰著頭好像更不舒服，在等待鼻血止住之前，也只能忍耐。她知道胡里奧可以列舉所有他知道發生在火車上的小說、詩句和電影，並且還能依照年代娓娓陳述，但如果問他第一個關於火車的夢可能是什麼呢？他或許會寫一篇小說來回答。她猜，第一個火車夢並非火車出現之後，而是早在火車問世前的很久很久以前。不然人類怎麼會想到火車的形象呢？鼻血止住了。她轉轉脖子，捏著染血手帕，走回包廂。她要繼續想像她。如果不繼續，她就不存在了。這個小小的私人想像如果持續了一輩子，持續她的生命消亡，持續到它成為思維的幽靈，徘徊在人間，或許有那麼一刻會找到承接的形體。她搭上回程火車，回到出發的地方。

W 沃林格

胡淑雯

沃林格

~~*L'abécédaire de la littérature*~~
~~*W comme W. Worringer*~~

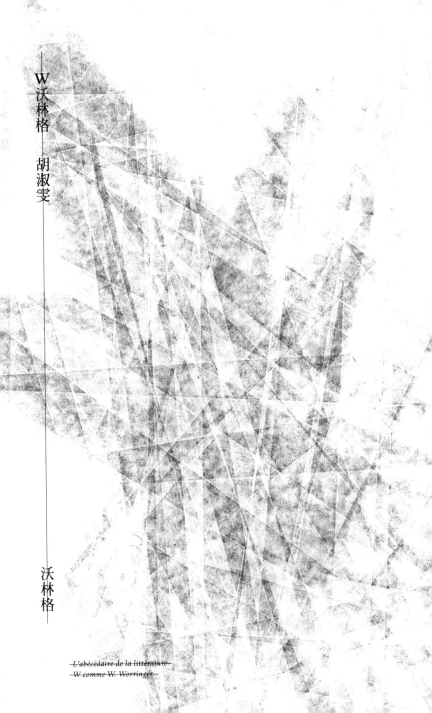

那年小海十九歲，對戀愛一無所知，這東西就這樣洶湧猛烈突襲而來，猝不及防，連鞋子都還沒卸下，衣服也來不及脫，就什麼都不要了，都給出去了。赤裸，羞澀，困惑地燃燒著。不羞愧，不後悔。再怎麼噁心，害怕，還是要去。戀愛不由你同意。戀愛決定，由它決定要不要你。那還真是只能認了，什麼都不怕了。自慚形穢同時拋擲自己，勇敢得要命。膽大妄為，累得要死，卻還是想要再多給一點，衣服剛穿了一半，鞋子還來不及套上，又再一次豁出去了，再怎麼累都還能再累一點，再怎麼給都給不完。只有青春可以辦到這件事。青春不怕。不怕累也不怕醜。

然而一講到醜，小海記得，五、六歲的時候，在一處還不成公園的曠野裡遊蕩，撿拾建築工地汰換的瓷磚，鐵片，與木材。小孩是天生的拾荒者，可以將垃圾就地變成玩具，拿碎裂的瓷磚充作粉筆，在地上玩一個人的跳房子，直到暖風漸涼，巨大的夏季慵懶而輕盈地撤退至黃昏裡。男人出現的時候，牽著一輛腳踏車，他走到小海身邊，面帶辛苦的表情，說，「小妹妹妳可以幫我一個忙嗎？」小海來不及答應，他就把車子交給小海了，意思是：請妳幫我扶著車子。他說身體不舒服，需要休息一下。小海將手中的破銅爛鐵擱在地上，扶著腳踏車，心想，等他身體恢復了，我就會聽見媽媽遙遙喚我回家吃飯的聲音了。

男人艱難地站立著，身穿一種像睡衣的袍，看在夏天的眼裡，這衣著未免太厚重了些，而他的身體似乎也亂了時序，痛苦地冒著汗，眉目皺成一團，下巴苦成四方形，罩袍的卡通圖案越是歡快笑鬧，看起來越是倒楣，頹敗，哭笑不得。他捧著自己的下腹，弓著背，很難受的樣子。空曠的野地裡只有男人與小海，像兩頭被腳踏車拴住的牛。他看起來真的病了，臉上發青，低低哀鳴著，嘴唇與眼眶不停扭動，全身顫抖。小海看著他痛苦的鼻翼，痛苦的鬍渣，痛苦的喉結，痛苦的肩膀，依序向下望，看見他痛苦的腹部，痛苦的手，忽然，小海發現他沒穿褲子，痛苦的雞雞掉出來，底下盤附著一團赤黑的毛髮。

那裡有毛。那裡怎麼會有毛呢？小海嚇壞了，丟下男人的腳踏車與他呻吟不止的疼痛，拔腿就跑。回到家，向媽媽陳述這件奇遇，五、六歲的小海所陳述的，並不是男人錯亂的色慾，而是：我遇見了一個「黑毛怪」。嚇壞小海的並不是性，而是醜陋。對幼時的小海來說，這並不是一個小女孩被色情狂消磨的故事，而是一個幼童猛然撞見異物的震驚。那是對「醜」的震驚。

是「未知」環護了小海。小海的「不知」，令男子的意圖撲空，無法顯現其意義，也無從顯示其力量，竟然也就傷不了小海了。那驟然而起卻終究委靡的東西，沒有將小海就地變成「女體」或「受器」。那組陌生的性器官，在幼童坦率的眼中更接近某種，石破天驚的醜八怪。「未知」像一層保護胚胎的卵膜，環護著還沒長大的小孩，淨空了事件的意義，讓「性侵」的威脅失去效用，但這層薄膜是透明的，並不阻礙小孩觀看，甚至，因為這件事，小海意外發現了人體成熟的祕密——原來，那裡是會長毛的呀——在那之後，好長一段時間，只要有機會，小海都想好好觀察成人的身體，想像人類長大後的模樣，尤其在泳池，在海邊，在更衣間，盯著成年男女的胯下。這是童年的特權。小孩子癡癡望著別人是可以的，但是成人不可以。小孩子無論觸摸了誰，觸摸了誰的這裡那裡，那些地方都不會被弄髒。小孩子不髒，從兒童的視角投射而出的世界也不會變髒。眼光不帶成見，被觀看的對象就不會受傷。當小海慢慢失去那種能力，那種眼光，忘記那些唯小孩才能夠的事，就惶然成為大人了。十九歲這年，小海跟男友提起黑毛怪，男友為了表示聲援，怒叫一聲，表達了強烈的義憤，但是小海說，「這真的還好耶，你沒發現暴露狂都是膽小鬼嗎？嗯，你們不會知道，因為你們是男的。」當小海這麼說的時候，並沒有逞強或好勝的成分，假如她面對的是一般男孩，比如說同學，或之前約她出去的對象，說不定她還要假裝害怕一下，以免被當作怪胎，但面對自己信任的人，反倒可以輕鬆地說：我覺得，小時候碰到這種事，其實並不太壞，正好可以練習打怪，打怪要從低階的怪開始，層層破關，漸漸升級，適時適量地遇到壞事，哪天碰上了超級怪物，才不會整盤壞掉。

這是小海第一次戀愛。她愛上的那傢伙，有一群音樂掛的死黨，各個都有一種好看的樣子，而那種好看，在別人的眼裡並不太好看。相較之下，小海長得非常無聊，一張外文系臉，一般人都覺得好看，偏偏小海知道自己並不好看，她喜歡別人的樣子，自己無法成為的那種樣子，她羨慕那種可以削短頭髮的完美頭顱。身為大學生的他們口袋裡沒什麼錢，酒吧裡一人點一杯過了低消，東西喝乾了，渴了餓了，就輪流溜出酒吧，去附近的便利商店買可樂，喝啤酒，吃飯糰，先在外面把自己灌飽，再偷渡一點小酒進來慢慢喝。他們常去的那幾家酒吧附近的便利商店，入夜後總是站著一堆抽菸的人，持著一堆買醉的人，躺著幾個吐過的人，癱著幾個哭過的人。第一次跟著他們去了那種地方，喝了一點酒，搖了幾支舞，小海便渾然忘我，將身子一翻，跨坐在男友的腿上，面向他，任一切即將發生的就地發生。他是小海的第一個男友，第一個男人，對初戀的少女而言，也是唯一的男人，最後的男人。小海任由自己的襯衫扣子一顆一顆鬆掉，依序解開，內衣的排扣也脫落了，整個人，整副身體，在眾目睽睽之下，露出將裸半裸的形態。忘我的人——譬如此刻的小海——總誤以為別人也是忘我的，各人忘在各人的我之中，沒有誰要分心去看誰，但小海畢竟是個女人，下一刻就提醒自己，背地裡依舊該睜開一隻眼睛觀察環境。為了預防裸體正面曝光，她將身體向前傾得更緊，抱得更緊，卻也正因為這忘我忘得並不徹底，反而顯得更加放肆不羈。

隔了一天，應該是個週末的下午，小海賴在租屋閣樓的小床上，醒著一夜難眠的身體，回想著愛情的贈與，那親吻的魔法如何一點一滴將平庸化為貴重。室友都出門了，暮色無聲淹上小海的單人床，將這兩天的回憶染成薄薄的金色。今晚到底要出門覓食，還是隨便下個麵條打個蛋就好？餓了卻不想吃，懶得吃，意識漂浮於體外一寸半寸的他方，回味不止。身體疲倦，愛是慵懶，想念的人不在身邊，回臺中看父母去了。接著電話響了，接起來，以為是男友，卻是一個陌生的聲音，說，請問這是誰誰誰的電話嗎？對方邊說邊笑，那誰誰誰正是小海的名字。這聲音小海聽過。小海說，我就是，請問你哪位。對方說，我是妳朋友啊。短短一句話講得歪歪扭扭，裡面岔滿了氣，說完馬上憋著氣，神祕兮兮不敢出聲，壓抑著猥瑣的歡騰。在電話裡，沉默是最大聲的，小海簡直可以聽見對方將舌頭嚥進心跳的聲音。氣憋完了，一個呼吸，對方又問：那，誰誰誰在這裡嗎？那誰誰誰是小海男友的名字。瞬間小海就記起了這聲音，他是當晚也在酒吧裡的一個人。但是小海不說破。只要我不說破，他的快感就無法達成，小海是這麼想的。也可能相反，一旦小海說破了，他就會跟著破了。但是小海沒把握，自己在明，對方在暗，她不瞭解來人的性格。十九歲的小海還不夠世故，不夠強，她需要將對方留在匿名之處，讓對方有處可退，自己才有地方可退。

上一個寒假，小海參加了一個法語冬令營，期間遇到了這麼一件事：有個法國老師，在一場話劇的中場時間，對她拋出一句語意曖昧的話；小海聽得出來，那句話的意思是，我可以吻妳嗎？

問題是，小海的法語程度僅限於電影裡經常出現的那三句五句，她並不真懂法語，無法確認那句話的意思，於是老實向對方討教，以英語問他：「你剛剛說的那句話，那句子裡的那個動詞，那個吻，指的是嘴對嘴，嘴對臉，還是臉對臉？」男人經小海這麼一問，眼眸中流轉的山巔與溪谷瞬間坍塌。小海並不死心，繼續解釋自己的提問，「這樣的句子，在哪種情境底下指涉的是親吻？在哪種情境底下又只是告別與問候呢？」在法語的世界裡，小海是個半舊不新的文盲，遲鈍得像一瓶智能不足的感冒藥，那人本想調情或戲弄的，經小海這樣一番糾纏，原本熱呼呼的一概冷卻了，一切堅硬的都疲軟了。

「所以，」小海力求甚解地討教著，「你到底想要對我做什麼呢？」那法國人已經不耐煩了，狼狽地遮掩求愛未遂的挫折，草率回道，「哎，我指的當然是臉貼臉啊。」不對呀，小海說，「假如是臉貼臉，那就應該在告別的時候開口吧？但我們還有半場話劇呀。」法國人簡直要生氣了，氣小海竟然如此，以這種近乎愚蠢的創造性，調戲了調戲者的劇本。但小海真的不是故意的。倘若小海明白掌握了他的意圖，反而會陷入世間男女的陳腔濫調之中，不知所措吧。

再一次，「未知」再一次環護了小海。將未知視為未知——而不強作已知——的天真狀態，有時候看來，比世故還要世故。

五、六歲那年，小海以同樣的「未知術」甩開了那個怪叔叔，把色情狂當作黑毛怪，倘若小海明瞭怪叔叔的意圖，倘若此前有人以教育之名恐嚇小海，將驚懼與恐慌注入小海的髮膚，以嚴厲的潔癖塑造小海，或許她將無從以孩童的本能，輕盈地卸除那可能的危險。恐怕就是要如此不解現實，才能解除現實的重負吧。兒童的心靈有理智抵達不了的深邃，那樸質如小河般清澈的可塑性，是在長大成人的過程中，在「成為人」的路途中，一點一滴流失的。

但是這一次，小海感到有點冒犯，這通電話，這打電話的人，話聲裡震耳欲聾的，沉默的呼吸。一旦小海指認了他的身分，電話裡對峙的兩人就真的要開始說話了。小海猜得出他是誰，她知道他的名字，也記得他的樣子。在這百無聊賴的週末傍晚，這人腫脹著孤單的性器，想要找一個好玩的女人，容易的女人，換句話說，不要臉的女人。小海現在知道了，在酒吧那一晚，背地裡，他們都看見了。在電話那頭沉默的不只一人。沉默很長，沉默給小海的思考時間也很長。小海領悟到，自己不可以表示羞愧，他們要的就是妳的羞愧。就在想通的這一刻，小海驚喜地發現，自己還真是一點也不感到羞愧。她匆促憶起酒吧裡的點滴，發現女人在愛情裡真是膽大妄為，無所謂羞恥，就連性器官的樣子也嚇不倒。那東西長得那麼難看，妳卻要愛它，寵它，泯除界限無窮無盡接近它。握住，打旋，親吻；吞噬，舔下，溼答答。這是性最大的謎，最優雅的武斷。妳怎麼可以疼愛一個那麼醜的東西呢？

每當小海聽到有人宣稱，性器官如何美麗，而性是如何美好，就覺得想笑，無論這話是出於保守，還是得自解放，總感覺這說法有點自欺欺人，也未免太好強了。日本導演大島渚曾經說過，「感官世界」之所以選定松田暎子飾演女主角阿部定，是因為，她擁有難得一見的，美麗的性器官。美是稀罕，是尤物，是一種充滿排他性的東西，這使它攜帶了殘忍性，而這是人類崇拜美，迷戀美，壟斷美的原因，美的破壞力由此而生。性器官通常並不美麗。色情片演員在受訪的時候，喜歡談身體之美，性器之美，倘若這是一種癡，想來也滿可愛的，不過經常，這種說法帶著某種自我辯解自體澄清的意味，是為了替自己的行業說情。藝術家的說辭也很近似，帶著革命的氣質。只不過，政治正確的話語，終究是一種辛苦的語言，經常言過其實，偶爾力不從心，滿口辯辭無礙的時刻，往往是真實滑向謊言的時刻，倘若性器官很美，潔淨豔麗的像一朵花，就不需要這麼多失效的話語了。一件事需要不斷讚美不斷確認，說有多可疑就有多可疑。反而正因為，性器官無所謂美麗可言，有時還稱得上醜陋，性的氣味並不總是芬芳，它離排泄很近，性的力量才不可思議。深陷醜陋，依舊渴望。你感到害怕感到髒，卻還是要去，這才有了給予，也有了接受，也才有了一個名為愛的空間。就算醜，還是要。再怎麼自慚形穢，還是要打開。這樣才可愛吧。

性是屈從，絕對的屈從。絕對的屈從來自絕對的信任，而愛人在屈從於信任的狀態底下，是最有自信的。自信到，眼睛可以哭，心可以哭，嘴巴可以哭，鼻子可以哭，那裡也可以哭。這種自信，並不是把自己放得很高，將自己推上絕美的那種誤信，而是「如實」，如實看見自己的低，認識自己的弱，還有醜，卻不會被這些事關生命的真相所傷。少了傷殘與缺損，愛將不存。在所有的缺損裡面，我最喜歡你。在所有的醜八怪裡，你最喜歡我。當一個女人跪在硬邦邦的地板上舔拭對方，會近距離看見他弱小無助可憐兮兮的樣子，聽見那求索，那感謝，那搖搖晃晃無從抵抗放棄一切的模樣，她看見的是屈從。時間流過身體，在青春正盛而後被青春拋棄的感傷裡，在一點也稱不上美麗的肉身，一點也不堅強的精神裡，可以看見最親愛也最可愛的人。你對我做什麼都可以，我對你也是。如實信付，以瑕疵交換瑕疵，沒有比這更貴重的事了。這是性的貴重。在所有的缺損裡，我最喜歡你。屈膝跪地不是奴隸般的舉止，這樣的行為不會替愛人帶來恥辱，當對方在你口中融化成一個快樂的孩子，無助，呻吟，搖晃，迷離，徹底獻出他的脆弱，那反而是你最有權力的時候。

於是小海知道了，自己一定會贏。因為她是這樣一個不把羞恥當羞恥的女人。只要小海不說話也不掛電話，他們早晚要不知所措。任憑他們說出多少話，說出什麼話，任他們怎麼沉默怎麼呼吸與竊笑，只要小海不按照劇本，給出他們索求的羞恥心，他們就得不到快樂。小海掩住話口，唯獨不掛掉電話，反正分分秒秒都是打來的人付錢，只要他們掛上電話，他們就輸了。

W 沃林格

童偉格

沃林格

L'abécédaire de la littérature
W comme W. Worringer

和二舅相仿，我也有近二十年，不曾遇見過我小舅了，都不知道，他如今壯遊何方。我記得有一年——那就是壯遊的起點——小舅以超越我阿姨的豪情，在親族間勸募集資，和幾位朋友合夥，去到深圳，開了家做塑膠射出成型製品的工廠。後來，大概是朋友間鬧得不愉快，小舅索性拆夥，自己跑去越南鄉下養蝦了。再後來，可能蝦也不是什麼好相處的，他就又收拾行李，再更遠行，多年來，似乎大江南北，寒帶熱帶，什麼工作都曾經孤孤憒憒地做過一陣子。

我總覺得自己，常看見小舅一個人，坐在各式啤酒攤上喝悶酒。那是某種視覺殘留印象，畢竟，在他還會返鄉的那幾年，每回我們碰面，都是在年節時的親族酒宴上，而小舅，不時都是半醉的。我應該是剪下自己印象最深的，小舅的模樣，像玩紙娃娃一樣，將這模樣，黏貼在不同街景上，因此，得出了一系列關於他的偽記憶。彷彿我和他一向都很熟。

比如某一年，他可能自坐店門外、散放在人行道上的折疊桌前獨酌。那人行道可能出奇地寬。那寬闊人行道上，溫帶夏日的傍晚，也許更漫無邊際地漫漶。小舅喝酒，吃著酸辣粉，還是羊雜碎。吃下那些陌異調味，再此體感一種空虛的飽足感——好像全身都被激活了，但不知為何，食物就是一直下不到胃腸。

這自然是偽記憶，因為其實，我虛構的那一系列異景，只確證了小舅長期離鄉的事實。我不可能知道哪怕只是一瞬，他的真實感受。

自小舅不再返鄉之後，在其中一個舊曆新年前夕，在他童年的舊家廳裡，我們齊聚一堂，準備哀悼他的父親，也就是我外公——彼時，外公已被修整妥當，被盛放在棺木裡，暫置於簾幕之後了。

其實，「哀悼」這項行為本身，對我們而言頗有難度。並非因為我們那樣天真，從來無知於死亡，而是因為在那麼長的年歲裡，那麼多人故去之後，喪葬禮儀，已然變成一門細節十分繁難的專業，我們這些業餘者，沒人有把握，自已能安排得齊備。所以，我們只好一同在廳裡呆坐，等候山上周倉廟邊，那位老人被請來，好當面向他問事。

我們左等右等，老人一直不出現。也許那時，他已醉得在貨櫃屋裡爬不起身；也許，他進了更深山裡，去挖筍掏蛇了。也許，他是提前一步，代我外公下探靈界看朋友了。好不容易，有人傳下話來，說老人要大家，趕緊先用報紙，將停靈家廳裡，所有窗戶全封了。至於為什麼這樣做，或為何是用報紙？老人沒交代。但無論如何，呆坐的眾人終於有事忙了。大家遂紛紛找報紙，尋黏膠，很順利地，趕在天黑前，將家廳糊成了一具紙燈籠。

山上周倉廟的老人姓「ㄗ」。怎麼寫？我們沒有人知道。山上的周倉爺是水流神——大概一世紀以前，人們在海灘上撿到祂，風乾祂，且不知為何，竟有辦法在繁星般的諸神系譜中，辨識出祂即是周倉爺本尊，就在荒地上，建了座廟安頓祂。山上的ㄗ老人，則是路流人。年輕時，他獨自沿海，流浪到本鄉，由核電廠旁的小徑，貼著高牆上山，就在周倉爺的廟旁，挨靠著住了下來。大概，是神收容了人，或者相反，其實是不論神人，皆形同野蟲那般，被向來大無畏地埋藏一切的本鄉給收容了。每天夜裡，當電廠排出一天裡，最末一陣溫水入海，在這全島最神隱的一片山谷邊，他的貨櫃屋，和祂的小廟，就一同在高牆頂放光，可有可無地，照看了最近的一座高壓電塔。

在塔下空地上，閒坐喝茶時，可遠遠望見以礦火捕魚的船群。它們張開如珈蟌對翼般的光網，在海面上輕盈滑翔。就是以那般悠遠無傷的義守姿態，ㄗ老人，在多年以後，漸漸被遷村之後，還不時回來探看的本鄉鄉民，給熟識，且親近了。好像他從來就是舊地故人。也許因此，我外公和ㄗ老人成了朋友。也許，這友誼僅是因為更素樸的理由——事實上，在成為本鄉鄉民以前，我外公原也就是位路流人。

多年以後我發覺，在本島四圍海岸地帶，人們好容易就「心因性神遊」——在全無前兆的一日，他們放下被廣闊山海擠得偏狹的家園，放下前一刻，手裡還做著的尋常生計，丟掉搖櫓，還是扒犁，突然徹底失憶，於是，就憑藉本能，直直伴海，一路遠行。就憑藉在路上邊走邊自創的新身分，他們去到另一處防風林掩映的村落裡，去過起一次全新的生活。

所以，也許真的，只是在最近一次的新生活裡，我外公遇見我外婆，於是，也才有了多年以後，像重複失憶者般，一再重練哀悼儀式的我們。

彼刻，在紙燈籠內部，在滿窗文字的瞪視下，我看見外婆從家屋深處，慢慢蟄進廳裡，像一堵更其厚實的牆，朝我的二舅靠過來。外婆來問二舅，小舅什麼時候會回來。從清早，得知外公已在醫院斷氣，將被送回家之後，外婆就拒絕吃喝了，用她向來的方式——無聲，堅決，面無表情的一種表情。這方式使我疑心，或者，其實是比較放心地想著，拒絕吃喝，會不會亦是某種我不完全明瞭的，該由「未亡人」履行之葬儀的一部分。而當履行完畢，是日已過，我外婆該當就會自在去生活。

外婆身高近一百八，依上兩代人標準，是個巨人。十分矮瘦的路流人我外公半夜醒來，會以為自己旁邊路倒一座山。他們生養了五個孩子，我母親排行老大。外婆和母親，當然都比我更清楚，邏輯上，「未亡人」其實是一個零度概念——人，自然都是將亡未亡的——但卻並非，必然輕省得不具實效。比如某一年，我母親的大弟與丈夫，先後死於礦災中。彼時縣政府，「為避免罹難者妻子改嫁，致子女生活無著」，所以扣住愛心捐款，逐年考核、確認如我母親之人，仍以「未亡人」身分在服喪後，方頒贈善款，給該年度合格者。

我默背官方用語，只因它涓滴羞赧地，造就了一部分的今日之我。

自那個灼熱的夏天過後，我的二舅，成了他家族裡的長子。他的職業是貨運司機，平日，開著那種沿海岸線闖蕩，邊壓境邊開窗撒冥紙，無聲驚嚇過路小型車的大噸位卡車。他性情極其敦厚溫吞，似乎能承載一切。放假時，他常一個人在家喝酒，是那種靜悄悄不與人言，一瓶一瓶喝到掛的喝法。

一喝醉，二舅的腦門就開了，就不溫吞了，積存心底半輩子，事關祖宗十八代的往事皆能流利說出口，什麼人都罵，什麼事都抱怨，好像從來就不曾如斯清醒過。二舅一鬧酒，二舅媽就傷心了，就收拾行李回娘家。二舅酒醒，就開著自家小型車，在路上跟大卡車搶道，去接回她。然後，夫妻倆就再度和好了。

夫妻倆一同，回去離二舅童年舊家廳不遠處，臨街一排新起樓寓裡的，其中一個窄屋。那是他們一同奮鬥的成果，見證了他們不渝的愛情。在那裡，當深夜，當所有芳鄰，都如二舅那般再次低調且靜默時，二舅能聽見窗外荒田的蛙鳴。那聲音總是近近切切，真摯如常。

二舅的世界，以二舅本人為分隔島——年長於他的，生來勞苦且多憂煩，無所謂「童年」這回事；年輕者，則皆有非常綿長的人造童年。比如二舅的妹妹，我阿姨，即是海海人生一孤鳥。

早於小舅，自少女時代起，阿姨就浪跡各大城市，只在過年時，才返回本鄉作客。誰也說不清她究竟正做著什麼，書是讀到哪個位階了。有一年，聽說她跑去日本了，再回返時，不僅日語會說，還帶了一位年齡堪比我外婆的日本歐吉桑，回來跟外公拜年，說是她的戀人。

好吧，戀就戀吧，反正已經心亂如麻。我外公半放棄式地這麼想。但迂迴盤問下發現不得了，歐吉桑不只在日本有家有室，還真的剛當了人家的爺爺。外公問阿姨，妳是怎麼打算的。阿姨簡答外公，我年輕，可以等。好吧，等就等吧，外公想，反正過年才看得到妳，不高興時，索性關起門來裝老年癡呆，眼不見為淨。

這麼等著等著，時間真的好容易就過了。我阿姨等到自己也成了歐巴桑，等到日本歐吉桑的太太往生——願她安息；等到歐吉桑還沒有成為我姨丈，就發現自己得了胰臟癌，需住院化療，再奇蹟式康復、之後又再不斷復發別種癌，全身臟器一個一個被摘除；等到地老天荒、死生契闊，結不結婚，實在已是人生裡，最鼻屎小的那件事了。

等到我阿姨最近一回失業無援，攜帶戀人，一同返回本鄉依靠我外公，「等待」這個行為本身，還是像慣性那般進行，在時間裡頭徘徊不出，迷了路。所有人，包括我阿姨，都習慣了。

所以，自那之後，我阿姨就和三位老人，在她童年家屋裡共同生活了。她像是養老院的院警，管理他們人生裡，最後一段時光的必要秩序，食衣住行育樂，所有一切，皆在她的掌理範圍內。

所以對她而言，那或許並非不可預期——會有一日，老父如常上街，找人聊天，近中午時騎車回來，說要再去屋後巡一下菜田，然後，就沒再返回了。

她煮好飯，左等右等，決定尋去菜田。

「阿爸，你怎麼躺在這裡？」她見了老父，問。

「我稍躺一下。」

「阿爸，你不起來喔？」

「我稍躺一下。」

「阿爸，你不吃飯喔？」

「妳不要吵！」

那是我外公對我阿姨，也是他對整個人世的最後祈使。

所以在那之前，所有人都習慣了，只除了一個人——長男的媳婦，我的二舅媽。在二舅成為長男的那些年歲裡，過年時，外公外婆往二舅家團圓，吃年夜飯。過年時，回來探親的阿姨，和日本戀人歐吉桑，亦往二舅家團圓，以及吃飯。臨街窄屋，很容易就萬分熱鬧。

好奇怪，那些年下來，即便日本歐吉桑全身差不多空了，癌細胞，已不知道爬行到哪裡了，過年時，當他出現在我阿姨身邊，他一定是活跳跳、喜鬧鬧，像是永遠不會死，永遠在熱戀那樣。他們倆，占住二舅家的小孩房，住賓館一樣，成天遲睡晚起，要茶要飯，抽菸喝酒。

茶和飯，是由我二舅媽一一張羅的。酒，則是天天跟二舅一起喝到醉的。

所以接下來，每天會發生什麼事，大概不是很難預料的了。

於是，真的就像某種迴圈，我總覺得自己，常看見二舅一個人，在春節快結束時，張著宿醉的紅眼，靜靜開著自家小型車，走濱海公路去尋妻。這是重複了數十年的一段路程。這般的重複，似乎對誰都毫無意義，簡直只像是專程做來馴服時間本身似的。我二舅知道，人生多勞苦。他或許也私心盼望過，自己這麼多前仆後繼的苦勞，可能有一刻，會傷停時間，令地球停止轉動，將一切，定在純粹無比的虛空裡。

比如某年那日，天氣那般好，海那般藍，比起開車去尋妻，尋著了，再回家去，眾人繼續膝蓋碰膝蓋，把一個年給碰完，我二舅多想自己去釣魚。二舅好久沒有這麼做了——把冰桶裁滿啤酒，尋一處磯岩，一個人靜靜坐著，邊喝啤酒邊垂釣。也像是某種迴圈，到了啤酒罐都空了時，冰桶卻還是滿的——裡頭已裝滿了魚獲。那真是令人開心的一種感覺，好像魚是麥芽做的。

比如是年彼日，當我二舅看我外婆靠過來，問起她私心最偏愛的幼子時，二舅就想，要是從此，時間能被困在這具紙燈籠裡，永遠別再流逝就好了。二舅送外婆回家屋深處，想再勸她，多少吃喝點什麼。走到灶前餐桌，他看見他的準妹婿，老日本人，正氣喘吁吁坐著休息。準妹婿剛剛，連家屋後窗，都用報紙全數細心封妥了。

二舅靠到後窗，欣賞準妹婿的美勞作品，猜想他篩選報紙版面的標準。那刻，二舅彷彿就又站在某種懸界上。在他身後，有一名年紀與他父母相當的外國人，正雙語交雜，勸慰他的母親。勸慰者的聲音，有時極近，像傾訴著只有同代之人，方能同解的痛楚；有時極遠，像更成熟之人，在耐心誘導著孩童——在他母親身邊，他的準妹婿示範如何喝下一碗冷粥，用一種只有日本人才有辦法執行的，對食物的稱讚技術。

在我二舅眼前，是滿窗的健康舊知。它們講述著睡眠的重要，發育的歷程，以及失智的徵兆，凡此種種。所有類此舊知，遮蔽屋後，我外公種作的菜田。像只是被什麼給猛力過肩摔過去，他如今，靜靜躺在家屋的另一端。

那刻，我二舅讀著眼前，聽著身後，專注得幾乎眼眶泛淚。

所以在那之前，老人一直不出現。彼刻，我二舅站在窗邊，空讀報上一角廣告，再把那角撫平，再度密密覆蓋好窗。他猜想，把停靈家廳糊成紙燈籠，大約是怕會有什麼，隨我外公之死流散了。但其實，那完全是不必要的擔憂。在這個未到蛙鳴的季節裡，二舅深信倘若父後有靈，哪怕只剩一絲，父親必能順利穿出這個紙燈籠，將他的後裔留在舊生活裡，從此相忘於江湖。而他們終將各得安眠，或早或晚，以各種離散的形式。

或者，是在更久遠的未來，二舅眼下一切，都將濃縮成一則簡訊，投向遠方，必然已成路流老人的我小舅。祈願他，成為隔世的專家。

所以在那之後，在準備哀悼我外公時，我自窗上舊聞，記下這樣一則短訊。

有一位少女，在漁港看人釣魚，不幸，遭釣客甩出的魚鉤嵌住頭皮，被拉下防波堤，掉入海中。這位少女在醫院表示，事情發生得很快，她不記得到底發生了什麼事。當被問及，為何就那麼輕輕飄飄、乖乖巧巧地，隨甩竿方向縱身入海時，她回答：「因為會痛。」

我揣想著，在堤與海之間，在一個粗粗砥砥的光面上，有人，就這麼僵僵直直轉過頭來，與我對望一眼。下一刻，好像脊椎骨被猛力抽直，他整個人倏地彈起。他像個遷就痛楚的懸絲玩偶，像起舞，像學飛，那樣癡癡傻傻，歪歪扭扭，一路向著痛楚的來向，義無反顧投身，奔赴過去了。

因為會痛。仔細想來，好鋒利的簡答。它標注了我們無法分享的各自體感。

彼日，在我小舅童年的舊家廳裡，四處漫遊與見歷時，我想著眼下所有一切，當然都會過去，而且已經正在過去。當我低頭，我看見我母親，坐在簾幕角落，摺著紙蓮花。我想起所有那些紙張，一屋的新語和舊聞，命定都將再次焚盡。

比如另些舊曆年初一，當昏曠凌晨，當我母親自去迎神時，因為懼怕鞭炮，她會用舊報紙捆長鞭炮的引信。那刻，自她點火，到那偌長鞭炮放響前，火光就那樣一點一點，燃盡了舊聞。

而她就那樣靜靜站遠觀望，像是無動於衷。

W 沃林格

駱以軍

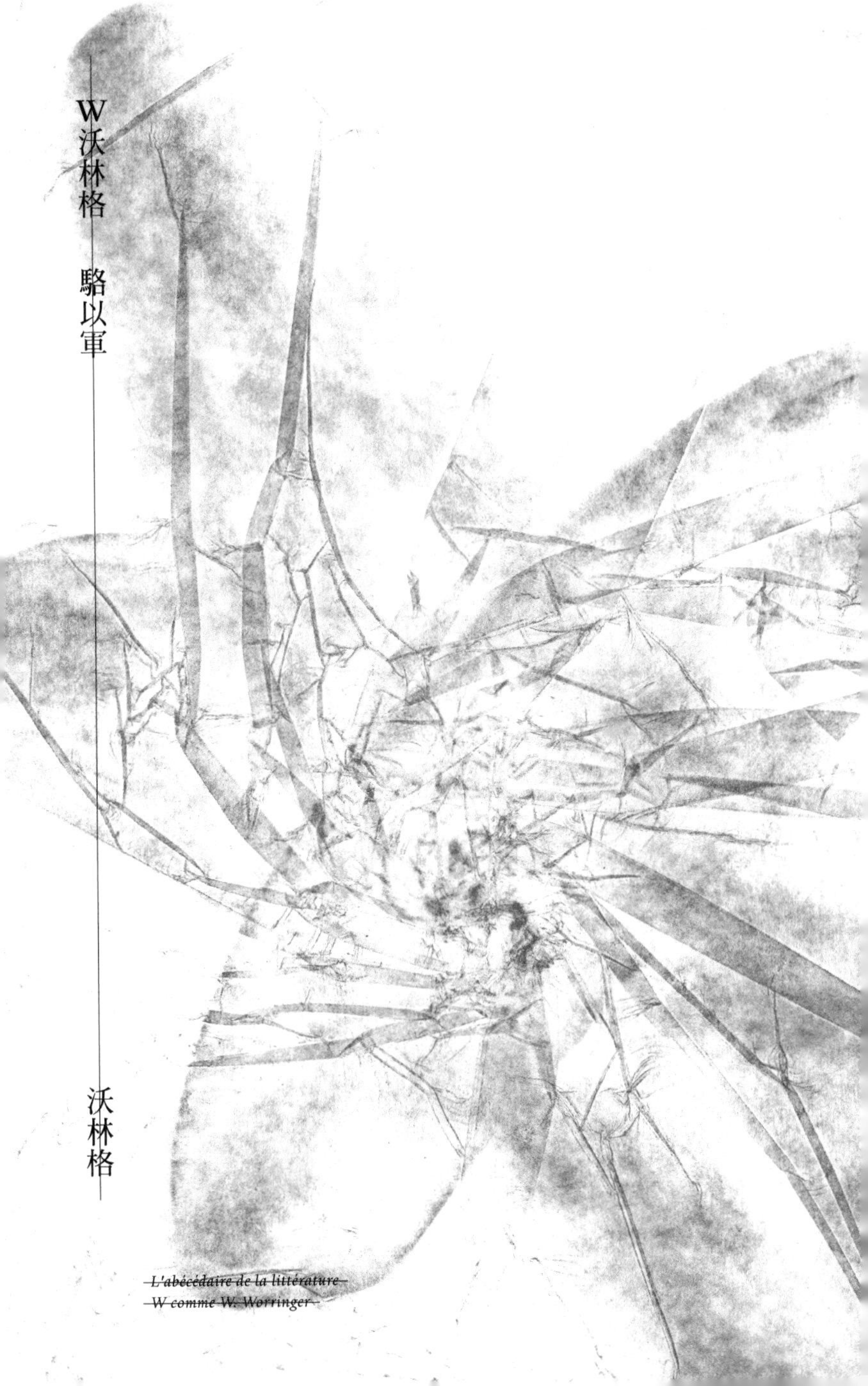

沃林格

L'abécédaire de la littérature

W comme W. Worringer

「我一世人不曾看過彼倪多的死人，彼一日由蓬萊國民學校對面彼間葬儀館經過，看著彼亭仔腳，一具復一具，疊到滿滿滿，攏是臨時用甘蔗蒲板儲的，湯流到土角一四界，十坎店外就鼻著味，鼻若沒掩咧，沒法度通由彼面前的大路經過。」

「聽說啊，當時轟炸過後幾天，人們還能聽見，總督府和臺銀之間的地底，有鬼魅般的哭嚎，用日語喊著救命，男女聲混雜，可能有上百人被困在地面下啊。但當時臺北城一片火海，濃煙四竄，沒人能顧上這些地底怪聲啊。總督府中央塔左側都被炸塌了，北一女、臺北帝大附屬醫院、高等法院、臺北車站、臺灣步兵第一聯隊、山炮兵第四十八聯隊、日新國小、蓬萊國小、聖心教堂、新舞臺、龍山寺全部被炸，總之，能想像出來的當時『現代性意義的機構』，可以說空中的美軍轟炸機，全部扔了一堆炸彈。就是那句狠話：『把臺北炸回史前時代』。榮町、京町、文武町、書院町、明石町、旭町等地的主要總督府所轄官署建物等等合計共挨了高達三千八百枚的各式炸彈。」

那時的臺北上空，沒有半架日本戰機，全是銀色鳥群般，一閃一閃的美軍B-24，灑炸彈像清畚箕，像一群腹瀉經過的怪狗，那畫面太恐怖了，它們連閃躲的動作都沒有，就像在夢遊、排著隊前進，把那麼多種籽般的炸彈扔完。就在它們下方，一朵一朵像防空炮火打上去的小黑雛菊。

■

這個營區有一棟一棟的空樓，這些樓多數建材不佳，因此半世紀以上的石灰土壁都有種吸水麵包的溼爛感，他拿著鑰匙開門帶我們進去，外頭盛夏日光立刻被收殺進一種貓瞳的黑。但其實非常悶熱。我們走進一間官兵餐廳，那個熱氣讓我有一種走進焚化爐的感覺。我對空軍其實缺乏想像，如果是海軍，我還認識幾個福州人，隱約似有若無可以講些海軍內部的「青幫」傳奇，或當年小蔣和桂永清不同派系人馬，整肅清洗海軍內部馬尾系的白色恐怖。但空軍可就是像這個島國亡或存，那個巴塞隆納隊啊。老頭子手中最神武的玩具。他寵著這些穿著飛行裝的大男孩啊。這個營區裡的人，只能是最嫡系的嫡系，不，最嬌貴且玩最貴家什的么子。太多關於空軍摔飛機的故事了，所以那個懷舊的膠卷幻燈片，跳閃的光點，糜麗腴軟的白光〈魂縈舊夢〉、李香蘭〈夜來香〉，喔，不，那首纏綿斷腸的〈西子姑娘〉，誰忍心拿空軍開歷史的玩笑呢？他們以那些開玩笑不同代的俄製雙翼飛機霍克三升空，在藍天上賭命一晌貪歡，莫白少年頭地和日本零式盤旋、纏鬥，其實全是俊美的遺照和穿旗袍的寡婦的淒美故事，等候的故事，下了天空一定浪子漂泊瘋在酒吧尋刺激的故事。

黑貓中隊。維基百科上的一段：

- 黑貓造型代表U-2機身正面
- 耳朵代表敏銳的感應器
- 金色貓眼則象徵著銳利的高空攝影機
- 貓鬚代表偵測天線

・長脖子下端代表下視鏡
・紅色襯底象徵被赤化的鐵幕

這真是洋派不是？美國人的那套在更高高空調戲地面下還用原始人石斧敵人抛擲的迪士尼樂趣。其實飛官們可是第一代在這城裡還有三輪車年代的ABC啊。老蔣小蔣這兩個江浙老鄉，內心恨透那些老美了，可是這些小夥子們可都喊那些洋忘八「教官」，買他們的皮夾克、牛仔褲、丟彭打火機，他們所在，可是臺北最美的林蔭大道啊。營區的四周，一片田野阡陌，農家炊煙，不誇張地說，小水塘裡還有綠浮萍上歡游的大白鵝呢。那時站在瑠公圳旁，白霧如紗，可以看見拇指山和翠山的身影。白鷺鷥、油菜花上的黃粉蝶、麻雀、蟋蟀，這可是老美搭著吉普車進城，先會經過的南國之美最像夢境的風景啊。

別忘了當年咱們的第一夫人，可是號稱「空軍之母」啊。她的口頭禪是將國民黨空軍稱為「我的空軍」。多麼美國女孩風格的愛嬌、崇尚英雄主義加上最新科技。始終對空軍的人事、採購甚至訓練和作戰都掌握大權。別忘了飛虎隊的陳納德將軍和陳香梅的異國戀故事加空中騎兵的電影fu啊（簡直就可以找麥特戴蒙扮老裝搭妮可基嫚，喔不，我個人認為陳意涵演那個年輕女記者不錯），整個中國空軍可以說是宋美齡建構起來的，那個天文數字的採購飛機經費，可是無人能看懂的孔家宋家再加她出來發起「捐機祝壽」，那五鬼搬運的「中美飛機公司借貸」，才能成軍啊。你想想國府撤退來臺，夫人走進這個「空總」，從總司令以降，哪個不是她眼中的小屁孩？她可是一生配戴飛行勳章啊。老實說，空軍可以說是那年代最美國的「域外時空」。

誰想到我們現在走進來，像小人兒鑽進巨人屍體的空腔，內面布滿癲痢和癬。「這棟是海砂屋啊，非拆不可。」諷刺的是，那棟日本人戰時蓋的，後來倉皇棄留下的，「工業研究院」，如今是最有古蹟硬價值的。

「但日本人曾經在這裡頭做什麼工業研究呢？」我們問著彼此。

首先這一切的觸碰部位，都有一層黑油，像薄膜或皮膚，包覆的是極微小，但固執的一種顫跳。他聽過有人形容，「沉默的尖叫」，或是「女人高潮之後的半小時，其實還在祕密延續的，某種粒子跳躍」。但其實那個比魩仔魚還細微的微世界，每在他戴上那獨眼放大鏡，一切才銀光熠熠的展開。他的手指像伸進這個空間並不存在的，另一個小人國空間，替一個小人國尺寸的美婦解開絲襯衫的扣子。真就是那麼精密！咬鑷子，最細小的螺絲刀，小吹氣皮球鴨嘴，所謂拆龍心，找鴨鳥，缺車芯就造車芯，崩齒輪就車齒輪。那麼小小世界的戰艦帆幃，他的手指像又長出一條菌絲那麼細長的手，可以把縫衣針在鑽嘴上磨成車芯。一旁桌上那一小盆一小盆的手錶零件、圓玻璃小罩，金屬殼、發條鈕、擺輪……薄薄一片一片，像人頭骨片殘骸的分解碎片，超乎你想像能疊塞進那小小膛殼內的大小齒輪……

他覺得他像獸醫，在極小的一個祕境替一匹匹癱瘓的馬，動外科手術，那些拆卸下的生鏽的膝蓋骨、胸肋骨、脊椎骨，有些微細之處要鑽孔，奇幻的是並沒有血流淹溢，反而是，他幾乎以為自己可以聽見，時代，從那麼小而層疊的薄片，枯槁但仍極限精密的方寸之間，流走的聲響。

他會聽見，那麼小，原本是死去的金屬生物，「活回來」那瞬，心跳的聲音。

那些時光當然無法被刻劃、描形，但很快，當你是一個修錶鋪的老師傅，人們好像會以為你是個和時光打交道的神職人員。其實他對時間的感知，可能比一般人還要混沌，因為他一直待在這個軍營這棟福利社，這窄小甬道的其中一格小鋪。

其他的小格鋪還有什麼呢？

配眼鏡的、影印公文的、士兵理髮鋪、軍官理髮鋪、小文具店、雜貨鋪、麵包店、熱食部。

每一件事放進他那獨眼放大鏡裡，都變成禽鳥標本館一樣美。

當然還有那神祕撞山的「青河七號」演習，老蔣的祕密反攻大陸計畫，民國六十一年，第二十大隊第六中隊機號3117的C-119運輸機卻疑似因為霧濃，在當日下午一點十七分不幸墜毀於觀音山，全機三十九位官兵全部罹難，無一生還。至今仍是機密的機密，連這些殉難者的名字，各自獨立的名字，至今仍封印，當年失事爆炸現址，只有一個碑，他們就合在一起叫「殉難者」。

最慘的是民國五十一年，F-104，飛官王繼堯駕的這架暱稱「飛行棺材」的噴射戰機，在三〇〇〇呎高空熄火，彈射時因飛行馬靴未繫彈射椅，雙腿遭儀表板截斷殉職。F-104、F-100，有太多飛官的名字，在那奇幻的飛行狀態中，像煙花炸滅在這個島的上空。空中著火爆炸、引擎熄火、單機撞山、集體撞山、飛行時互撞、墜海、迫降墜於大水溝爆炸、空中失控翻滾、打靶時引擎遭跳彈擊中……。這是一個機密機械，可以將單薄的人體，投射至那樣的極速，但那些薄鐵皮隨時在空中開花，散成碎片，像著火的烏鴉翻滾墜落，華麗的死亡秀。

最接近幾十年前美國B-24機群臺北大轟炸的飛行景觀，是民國五十三年（一九六四）國慶閱兵空中分列式，第七艦隊及關島的美軍B-57機都來參加。大閱官是郝柏村，當天也是天氣不好，只有二〇〇〇呎的雲高，那次共有一百多架機全升空，空軍指揮官為這全部調上天空的戰機要不要掛彈，發生爭執（堅持掛彈方說，媽的如果那時中共戰機來犯，我們一百多架最主力的戰機全在總統府上方，空機飛行，那不是完蛋）。以下引用郭冠英二〇一五年八月二十三日於《旺報》之文〈閱兵撞機的往事〉：

機隊從五指山過來，沿淡水河到閱兵臺，本來是正對著總統府而來，那年改為沿重慶南路由西向東飛。飛機以四架菱形編隊受校，F-100超級軍刀機後就是十六架F-104，由於避開尾流的關係，一架比一架低，大概只有四層樓高度，就有人擔心可能會出事情。夏瀛洲是在第一分隊，他已看到景福門與機平行了。

後面的三分隊，一號機長是林鶴聲少校、二號右僚機是黃東榮上尉、三號機是王乾宗上尉、四號左僚機是張甲上尉。到了新公園上空，張甲機撞到了中國廣播公司天線塔，就在今二二八紀念館上方。當場左翼半截副油箱被削斷，左翼根出現裂縫。中央社剛好拍下一片黑油灑下來的鏡頭。下面受校的陸軍官校生，都聞到汽油味，身上灑了汽油滴。

受創的飛機最後平安降落，但他拋棄的副油箱，砸在公園路氣象局前面，砸死了一位氣象局的工友、一位婦人和一個娃娃車裡的小孩。反而是另兩架友機，為了觀察他機腹受創程度，下降又上升時相撞，兩架飛機在空中撞成一團火球，另一架飛機被爆炸火焰損傷。老頭子當然氣瘋了，下令從此停止國慶閱兵空中分列式。太荒誕了，太滑稽了，太沒面子了。

你可以想像，那些年代，每次摔飛機，這個大營區內，這棟老建築內，那長廊兩側一格一格小辦公室，那些卡夫卡式的空軍文官，就劈哩啪啦地打字，開會檢討、分發到各空軍基地的密件公文、家屬通知書、將要歸檔的事件紀錄，大家長總司令如同頂上三花被削，氣急敗壞，愁雲慘霧，拍馬屁拍到馬腿折斷。當然還有作戰計畫，黑貓中隊空拍大陸每次任務的文字檔，老美會拿走攝影機全部照片，但飛行員口述每次任務腦中所記，則是上呈老頭子。這些蟻穴般的小格裡，數十位打字員在打字機劈哩啪啦敲出的油墨公文，加起來其實是最屌的一部長篇小說。

■

那個時代，事物像是從夢境中，水光粼粼地撈出，由模糊而漸清晰。你很難想像有一天世界變成人手一支手機，隨意亂拍，可以刪除檔案，眼花撩亂的美化功能。那是個，食指一動，瞬間變無限延伸，完全憑光圈、快門、沖洗這些需要技藝和天賦，才能抓到那閃靈之瞬的時代。沒有所謂「自動對焦」，真的是我眼無限細微神經協調著我的手，一卷一卷的底片，有點機槍子彈的味道。真的，那時背著一臺萊卡，真的像拿著一把貴族少爺用來顯擺的槍。砰！砰！一整卷印下的影廓，若是不慎曝光，就好像把一長條「活著的時光」殺死。

在全黑的暗房，你的眼看不見你的手指，但你會聞到顯影劑藥水和定影液藥水的化學味。你會聽著水流聲，真的像從潺潺溪流中，撈出水面立刻「活過來」的溺水孩屍。反差、影調、層次、光的在場或離場感。在更早前那個黑白暗房，沖洗出來的照片，本身真的有靈魂，像馬匹身上被風翻動的鬃毛（這是我第二次聽見，另一個老人用「馬」來形容他手下的活），你聽得見呼吸聲。那個潤，就像筆意酣暢的水墨啊。

他當然記得那些空軍少爺們，那時每到黃昏，他們會出營區放「散餐假」，他記憶很深是漫天水蟻，影影幢幢，這一帶還是農田，但靠近忠孝東路，一些日式透天厝，空軍們會到附近的飯館用餐，所以你有沒有發現，這一帶四川菜館子的空軍多是重慶幫啊。那些美國風的飛官們，比一般軍人愛漂亮（當地人們愛說：「空軍就是騷包。」）一個個頭髮也不很長，都抹鋥亮髮膏，換上照相館裡帥氣的軍裝，來拍張帥到不行的紀念照。有的則是他們空總的攝影官，急匆匆拿出一卷底片給他，要一個半小時內沖出來，因為請了嘉賓來演講，攝影官先拍下他們總司令和貴賓合照，活動結束就贈上沖好、剪裁好、裱褙好的照片當紀念品。

那時，這樣的照片是很有價值感的。所以他常常可以在他狹窄工作室，一張張沖洗出來，夾子晾著的照片，知道中華民國空軍總司令，這個去哪巡查，和誰誰拍照，這在那個年代，可是充滿機密的刺激感啊。

他有進去過幾次，替他們的重要活動（例如結業式）拍照，但你本能地走進去那空曠而一棟棟樓的營區，會自我規訓，不東張西望。其實，如果（當然在那麼長的時光，他從沒浮現過這種念頭），像後來子女租回來給他看的好萊塢的什麼《瞞天過海》啦，《不可能的任務》啦，那些國際特工闖進戒備森嚴的國防部、中情局、重刑監獄，其實他回想，當時跟著帶領他的某某中校，穿過營區哨，那個記憶中的戒備不這麼嚴森啊。如果當時有所謂中共滲透人員，透過他，將炸藥藏在相機內膛裡，是非常可能穿過檢查，謀殺空軍司令啊。

這些細瑣的念頭，像那個年代入梅天黃昏漫天飛舞的水蟻，在那水流般一張張從藥水中用鑷子夾起的影像之外。譬如，他是不是曾捕捉過一張排排站合照，但站在司令後兩排，一個俊美的軍官，和一旁一位穿旗袍的美婦，兩人正在咬耳朵，那眼睛上抬，小心謹慎，但沒意識到已被照相機捕捉的，那麼人性的表情。

■

一般人可能比較感興趣的是旗袍店，尤其是這依傍著偌大空軍營區的旗袍店。當然有點，想像力難以搭橋建棧，因為全是被軍規和制服禁錮的男性的身體啊。你曾聽過，一個小城裡，擁有最多故事之人，就是老裁縫和老棺材店老闆，因為前者量過每一個女人身體的尺寸，後者知道每一個死者的祕密。但軍營，怎麼有旗袍店的生意呢？果然那老裁縫說的平淡無趣：他嘟嘟噥噥說著以前的旗袍和後來旗袍的差異，就是那些眷村的老太太，外省老奶奶來做的旗袍，比較寬鬆，直筒而下；但後來受到延平北路、圓環、內江街，那些舞廳小姐帶起潮流，開始旗袍變時髦，剪裁變得貼身，下半身變窄，喔那就很好看，布料也用得豔麗，浪滾排花，白蛇逶迤，金鳳高飛。

很奇妙的是這空總福利站的頂樓曾經開了一間卡拉ＯＫ店，當年他們在一樓入口處裝了臺監視攝影頭，就是為了提防長官進來巡查。我們如今可在夜晚侵入這棟廢樓鬼屋，用手電筒光束搖晃找尋那曾經飛官弟兄和歌女們歡唱的這個「不在場」空間。事實上很像ＣＳＩ探員在凶殺案現場找尋蛛絲馬跡，其中有一個小房間，裡頭環牆是五、六張玻璃鏡面梳妝臺，據說就是當年歌女上臺前在此化妝描唇，換上閃閃華麗禮服，但此刻只覺這房間不可思議地小，簡直像馬戲團藏摺疊軟骨功侏儒的木箱。這個空間留下許多羅曼史，但那又是什麼羅曼史？不過就是空軍軍營裡正常精蟲灌腦的小牛犢，遇上了身世可憐穿著蕾絲薄紗、貼著小蠻腰豐臀曲線的綴亮片風流旗袍，那些煙視媚行，其實內心都像削鉛筆機螺旋轉刀割出傷口的下港女孩，原住民大眼妹，那麼苦悶，並非總是遨遊天際，萬里長空，像這座島的隱喻：時不時會被抓、燠熱窄仄、貧乏，其實就在大軍營裡穿著橘色運動服跑步整齊答數喊口令，那個若要講故事，只有墜機、殉職的超現實故事的隔壁，其實是這一個小小隔間，「偷藏起來，汗涔涔、淫詞浪語，他們離開後即四面八方布滿壁癌、破爛鏡片像皮膚癬汙黑的水銀斑」這個年輕男孩腦額葉裡的哀愁與負棄。

女孩們每一個都拿掉過四、五個未來飛官的孩子。但其實她們，她們都純情得讓你想哭。現在軍營裡的阿兵哥恐怕都在交誼室裡上網打怪吧，或用手機看「抖音」裡那些每個都美得像狐狸的小姊姊，飛行傘的自拍者用手碰費力飛在他鼻子前幾公分處的大雁，或是骨牌推倒華麗之瞬，或是小胖子當街跳機器人舞，可以把頭顱和肩、胸、臂膀如同機械分離那樣的怪異技藝……，這已經是佛經裡說那個金銀琉璃玻璃樓閣、花香如醉的死後世界了吧？

老裁縫還想說起眷村老奶奶，沒人想聽啦。其實當年她們的男人，就是一架架不同機裡，從空中變成火球摔下的飛官們啊，你若是看當年的老照片，這些「空軍寡婦」們，年輕時可是水靈靚麗，不輸現在的周子瑜石原里美尹恩惠喔。但老旗袍如山谷裡的百合，只能靜靜在無人知曉的時光裡凋謝。

■

鐘錶鋪、照相館、旗袍店、理髮鋪、刻印鋪……，我們拿著一大串舊式黃銅鑰匙，像電影裡的鐘樓怪人、純真博物館守夜人，在這無人的偌大廢棄營區裡，可以撬開每一幢頹圮建築裡，像哈比人舉著火把在滅絕巨人族的洞穴裡探險，也許我們可以找到禁錮、隱密的歷史。也許我們可以在空無一物、人去樓空的腐朽空氣中，找到一種如同鐘錶內臟、金屬微小碎片鑲嵌著，和機芯、擺輪、小錘合奏出滴答滴答的微弱心跳；也許是一種無中生有，浸泡進一種化學藥劑中，鬼魂般的端莊年輕臉龐就一一浮現；也許我們可以剪裁、撫摸、嗅聞那水滑緞面的瓷花瓶形衣裳……，我們其實已站在這個空軍營區的裡面了，但我們感到那是一座迷宮疊上另一座迷宮，如此覆疊無數座迷宮的亂碼。

我們在其中一棟廢樓鬼屋的其中一個房間（同樣是地板下方的支撐蛀壞，隨時稍用力踩出一個窟窿），看見牆上仍貼著一張巨幅的「空戰戰情圖」，那是你所見過的最大、最精密的一張地圖，鉅細靡遺（甚至巴洛克風格繪著臺灣本島、澎湖、周遭海域、山脈、飛行場、河川、出海口，乃至福州、廈門、鐵道、火車站、政府機關、軍營，密密麻麻的標記，以及一些一般人看不懂的小方框，是為空域及航道之標記，當年的空軍司令、作戰官、幕僚們應該就是在這張巨大地圖前，像棋士推演著錯綜交織的空戰劇本。你會震撼於臺灣和福州竟然這麼迫近，在空軍飛行員的眼中，那真是三、五分鐘敵方前鋒就盤球迫近你球門的壓迫性距離。

一九五八年八月十四日，國府空軍出勤兩批二十六架次F-86型戰鬥機，其中十二架空襲福州市。共軍出勤八架米格17殲擊機升空，此次空戰，國軍被擊落兩架F-86，擊落敵機米格17二架。八月二十五日，金門空戰，臺灣空軍擊落米格17二架。九月十八金門空戰，擊落三架米格17。九月二十四溫州空戰，臺灣首次使用響尾蛇飛彈，臺灣擊落九架甚至可能十架米格17……，這些資料很混亂，有可能擊落的，有擊傷的，有飛行員跳傘落海的，有雙方小規模海戰爭奪落海飛行員的，有國防部宣稱空戰擊落比三十一：一；但老共公布則為七：十一……

總之，那時的福州上空，那是火鴿子亂飛，漫空烈焰閃電。然如今的空軍營區門外，濟南路這一頭，二百公尺內擠了十家以上的壽山石店家，老闆們全是福州人！和那些「蜀魚館」啦、豆瓣鯉魚、麻辣肥腸、活魚川菜館……犬齒交錯挨在一起。這是麼回事？難道他們是六十年派駐在空總附近搜集情報的福州空軍特戰人員，賃屋而居，一開始開個假店面作掩護（但沒有手藝啊，那就買賣他們熟悉的福州壽山石好了），時日久遠，他們被總部遺忘，失去聯絡，臺海上空也沒再出現重大的空戰，一代新機換舊機，慢慢的，這些福州佬的壽山石生意也做出格局了，乾脆也就落地生根，成為專業石商？

那可不是玩玩，我曾推門進去，老闆、老闆娘都是福州人，櫥櫃一定放著林亨雲的焓紅石雕白熊、林飛的醉芙蓉裸女、林發述的水洞高山羅漢圓雕。

■

在希臘神話中，英雄忒修斯走進迷宮的核心，殺死人牛雜交的怪物米諾陶洛斯，這有幾個哏：第一，忒修斯之所以能走進號稱連宙斯闖進都走不出來的

「殺神迷宮」，乃因他用美男計，讓牛頭人身怪咖的同母異父（且前者之父是一隻大公牛啊）親妹妹阿里阿德涅愛上他，她給了忒修斯一根非常長的線，讓他破了迷宮，殺死她那怪咖親哥。但他在回程中拋棄了她，她傷心自縊；第二，忒修斯當初和他老爸約定，若他成功破解迷宮殺了牛頭人身怪，回航船隊他會掛上白帆，若是掛黑帆表示他死了。但當他完成英雄志業，船隊駛到故鄉外海，卻完全忘了此事，登高遠望的他老爸，以為兒子掛了，哀慟跳崖自殺；第三，當這個牛怪迷宮的主人彌諾斯，（以下抄自維基百科）發現忒修斯逃走後極為震怒，把設計這迷宮的建築師，代達羅斯父子關在了迷宮裡；但這二人用蜜蠟做成翅膀，成功地從克里特島逃走了，但由於代達羅斯之子伊卡洛斯的翅膀是失敗的作品，導致飛得太高，雙翼遭太陽熔化跌落水中喪生。（最後這個故事常被用來比喻不自量力卻自傲的創作者）。可以說忒修斯進迷宮殺牛頭怪這一英雄事蹟，之後卻留下陰惻惻幾個不祥的尾巴。也就是說，迷宮的破解與侵入是要付出代價的。能量守恆定律。你想向往昔的歷史追討某個層層隱密的謎，就要走入迷宮，那最裡頭一定有個讓所有人膽碎心驚的巨大怪物（而且它牽扯著上一代人錯綜複雜的傷害史，變態陰謀，最黑暗的恨）。你一走進迷宮，這個歷史債務，就找上你啦。

我當年念成功高中，在濟南路的那頭，說來也算是學校的壞分子，當然我們走出校門就乖了，因為當年「流氓三開」之首，開南就在我們學校附近。我們都知道不要招惹他們。成功正對面是臺大法商女生宿舍，有一些人渣同學神祕兮兮帶望遠鏡來，憑窗觀測，說可以看到大學女生換衣服。我們常會跑去徐州路的臺大法商男生宿舍自助餐廳吃他們的伙食，那年中日大戰第九局下呂明賜擊出再見全壘打，我們就是和整寢室法商的男生、成功的學生、附近另一所臺北商專的學生，一起擠在法商男宿舍食堂裡看。之後一起歡呼，瘋狂擊掌。那時我不知這條濟南路另一端盡頭，就是空總。這一條濟南路，真可以說是一條歷史的中軸線，這幾所學校，都還保持日本時期的帝國建築群，往中山南路那頭走，則是臺北帝大附設醫院、立法院。事實上，整條濟南路，在三十幾年前我記憶中，鑽進巷子全是那種黑魚鱗瓦大院落的日式建築。都是一些將官的家。包括現在的「齊東詩社」，此區為總督府所屬單位不同階級職務官舍的分布區，南端濟南路二段一帶為總督府及軍方重要高等職務官舍，戰後，國民政府亦將此區沿用為中央政府官員之宿舍群，其中濟南路二段二十七號在一九四九年由當時空軍總司令部少將副總司令王叔銘入遷。我只有一次，被一位念延平的哥們，找去「遠征」，穿過整條濟南路，到另一頭空總，再轉去信義路和復興南路（那時還沒有高架橋）那附近的附中，叫出一位和哥們有過節的傢伙，在一片空曠地以多欺少揍他。當時我們繞過空總那占地巨大、圍牆像城堡高矗的空總，走得唇乾舌燥，不知天高地厚說：「幹！什麼外星人基地怎麼這麼大？」

當時我們學校的教官，有一個最雞巴的，綽號叫長毛，他是空軍的，只有他穿的教官制服是天藍色的，和其他教官草綠色制服不同，他的帽子也不是國徽大盤帽，而是那種帆船帽。我栽在他手上好幾次，可以說他是以在校園內追獵這些壞分子為樂，他有一雙銅鈴眼，是個肥仔，說來在古代可能是安祿山那樣的異相。有次他抓到我和哥們在頂樓打一個不上道的跆拳社社長，我當時不能再記過啦，竟（我之後幾十年都後悔不已）在教官室向他下跪，求他別讓我父母知道。哇你不知他那張臉笑得什麼德行，後來還是記了我一支大過。但他卻在軍訓課上對我們說，這世上沒有強暴這件事，你想一根針一直旋轉，你能拿線穿過針孔嗎？？說來我日後一直憤憤不平，是這種爛咖在決定當年的我是個怪物？？

在那些福州人開的壽山石店背後的巷子裡，我高三時曾和W、老千租屋在其中一日式老屋裡其中一間，房東正是每日進空總餐廳開自助餐的一對老夫妻，老屋裡一間他二老的臥室，一間他們的女兒（二十多歲，如花似玉，我們喊她何姊姊），另一間是三個北商三專夜間部的，都大我們一歲，都是南部上來的姑娘，也很清新甜美。我們三個曾不只一次在她們洗澡時，像小狗匍匐，潛行過客廳和神廳，趴在浴室門下，從那斜木條通風孔，偷看這些姊姊們的青春女體，水氣氤氳中，一條妖白流線，長髮溼垂，大腿用水沖淋著，沒想到那麼好看！！！我們充滿陰鬱罪惡感，卻又沉迷於每天四五點，將我們臥室的爛音響開非常大聲，放著〈塔蘭成的姑娘〉，克里斯朵夫的〈十字軍東征〉，可以壓去我們爬地板潛進的聲響。這裡頭身體像女神雕塑的是大我們許多歲的何姊姊，她的胸部也比其他三個小姊姊要豐腴，W發誓說他看到過她轉身抹沐浴乳時，乳蒂是粉紅色的。這何姊姊其時才二十八、九歲，但好像就處在一種沒有男友，空度芳華的，像枯萎玉蘭花不就要變臭的惘惘哀愁中。她常晚上十點敲門進我們這三個臭小男生的臥室和我們聊天，她會穿著天藍薄紗睡衣，和我們一直自憐自艾說自己完蛋了。我們則一直告訴我們的女神：哪會？何姊你超美！一定一堆白馬王子追求妳。真的，她的眼睛就像那年代更早之前白嘉莉的眼睛。你想我們三個小屁孩，每晚有個這樣如花似玉、還看得見乳溝、芬芳四溢的大美人跑來聊天，那是何其幸運？我要到年歲稍長，才懷疑那何姊當年這樣鑽進我們這些小她十歲的高中男生房間，後面是否有她自己也不知道的性壓抑？為何她這麼正，卻沒男友呢？我也是很多年後才領解。她只是商職夜校畢業，工作是每天穿著醜斃的制服戴著醜斃的帽子，灰撲撲在濟南路馬路邊巡，替那些停車格裡的車子開收費單。我們在馬路上遇見她幾次，那種狀態下的何姊，確實不會讓人起旖旎之心，完全不會與那浴室裡噴灑著女神光輝的胴體聯想到一起。

有次何姊告訴我們，她之前有個男友，就是在那空總裡面的阿兵哥，很帥喔，她爸媽也很喜歡這男生。但有個下午，她睡午覺，做了個夢，夢見她在一個像河濱公園那樣的空曠地走，有人在玩遙控飛機，發出超大聲的機械蜜蜂的聲音，然後夢中那飛機就栽摔在她腳前，摔得斷肢殘骸，都是些塑膠殼、玻璃碎片、扭曲的金屬結構。她醒了後全身溼透，恍恍惚惚，走路到濟南路另一端的臺大法商宿舍運動場。竟然和夢中一樣，有人在玩遙控飛機，但那引擎聲比夢中模糊遙遠些。然後，那架玩具飛機打滾著失控從空中摔下，和夢裡一模一樣的情境，那些玻璃纖維的碎片，就爆碎在她腳邊。

那之後，那個空軍男生就不見了，她寫信他不再回，打電話進去找這個人，但因說不出哪個單位的，根本不了了之。那且是個沒有手機，沒有電腦，沒有網路的年代。到底這男孩是把她甩了呢？還是出任務時摔機了呢（但那陣新聞並沒有空軍摔飛機的新聞啊）？有一次，她竟然在我們三個小高中生房間，小聲說，她的身體已經給那個空軍了，不能讓她爸媽知道，會把她打死。

後來我們三個都沒考上大學，鳥獸散各去不同的重考班，就離開那棟距空總不到兩百公尺的日式老屋啦。

■

關於蔡，從北港上來，一嘴海口腔，是我的國中同學阿猴的結拜兄弟，當年重考上成功，阿猴交代蔡（恰好在我隔壁班）罩我——這個沒有黑道背景，但開始半吊子走上迌迌路的夠義氣外省仔——恰好蔡就在我隔壁班，我一二〇班，他一二一班。

蔡從新生訓練就被長毛盯上，在那個要穿卡其軍訓服的年代，他去中華商場背側廉價西服店訂做的制服，比所有壞學生的訂做服還白，走在校園陽光下，簡直像水泥牆那種刺眼的白，且戴著一副遇光變色的大墨鏡。我敢說他是當年成功高中校園裡，那些壞分子口耳相傳，「最狠的」。其實連長毛和另一個「嫉惡如仇」的教官山豬，都忌憚他幾分。

當年阿猴和我說，他們那一掛（包括蔡）在北港時，連大人都怕這群「肖囝仔」，他們背著吉他袋，裡頭藏著武士刀或掃刀，光天化日大街漫走，走去欠了父兄輩賭債的店家，沒有什麼倫理，抽刀就砍。結果阿猴被退學，北上念我永和國中那班，國三大家以為他是個安靜如影子的老實人，最後考上建中（我後來的感慨是：這些真流氓的智商真是高）。

但是蔡和我終竟不是同一世界的人，他住臺北學苑，週末和他們那群南部上來的異鄉混混（我見過幾個：阿欽、阿釧、黑吉，每個都是凶神惡煞，讓人畏懼），去某人的宿舍打麻將，ㄆㄚˇ翅仔、群聚替惹到兄弟其中誰的尋仇。我則是在學校渾渾噩噩完了，也許去冰宮、去撞球間，和我那些半吊子（其實嚴格說只是調皮）的哥們分手後，回家還是在我那嚴厲的父親眼皮下裝乖孫子。

有次蔡和我在學校頂樓陽臺抽菸，跟我說起他父親在北港的生意被朋友倒了，現在在火車站月臺賣飯包。他說著流下男兒淚。我非常震動，很長一段時光，我中午的便當都邀蔡一道吃，有次他要買一臺偉士牌機車，想請我母親作保。我母親聽我說了，沉吟半晌，拿出四萬塊要我給蔡，說她一生不幫人作保，這錢當借他的，將來有辦法再還（後來當然沒有下文了）。有次蔡和那個阿釧（臺西人）兩個氣勢洶洶來我班上，要我去頂樓樓梯間幫他們把風。大約是阿釧和他班上一個沒在混卻不知天高地厚的傢伙（說是跆拳道社社長）起衝突，把他約至頂樓，兩個小個子修理那傢伙。

我在樓梯間抽著菸，聽見門外他們凌亂的腳步聲和不時喘氣「幹！」的咒罵，突然蔡高喊我，沒想到他們兩個打一個還拿不下來，我衝出頂樓天臺，像野獸也喊著「幹！」然後往那人的臉上揮拳，沒幾下，他便跑了。

但之後就是我們被叫去訓導處，如前面所談，掉進一個長毛玩我們的時間黑洞。

但更多是，我惹到別班一票壞傢伙，（其實那年代的高中男生，沒任何理由，你問怎麼惹到他們來找你的？說：「你是睛啥洨？」）他們七、八個群眾來教室叫我出去，要把我挾去樓梯間，我叫旁邊同學去隔壁班喊蔡，蔡睡眼惺忪慢慢踱來，說：「他是我兄弟，他的事就是我的事，怎麼樣啊？」

那一票帶頭的，原來一臉凶殘，見到是蔡，立刻陪笑臉，這真是給我很大的震撼。

有一次蔡告訴我，他昨天把他「翅仔」（就是女友啦）開苞了，幹！在室的，床上都是血。我只是傻傻地笑著，感覺我身旁的這個狠戾同伴，其實不只是「黑道」這件事，而是他比我提前好多年，進入那個「成人」世界。那對我那麼遙遠，因為我還在父親、國家、教官、隱藏的內心道德和衝突的擠迫之下，他和阿猴、阿欽、阿釧那些人，好像提前變成大人的身體暴力、大人的談判語言，大人的玩女人（那個華岡藝校的「翅仔」，可能不久就被用過即丟吧），大人的偷拐搶騙（不是像我父親一直拿直鐵條架著我這歪樹苗：「你給我長成一個正直的好人！」），那不是我跟著他抽菸，罵臺語三字經，走路故意外八，每晚洗澡對著廁所鏡子練習凶惡猙獰之臉，就能達成。

有一天，蔡沒有來上學。同學告訴我，那天在校門口，看見長毛和幾個他叫來的少年隊，像橄欖球擒抱，把蔡圍抓上一臺車，蔡一直罵幹，但終究被帶走，蔡從此消失。我也沒辦法聯繫到他。從此我在成功高中也比較老實（畢竟唯一靠山不見了），我自己認為，從蔡被退學那天起，我的「迌迌」時光就結束了。其實最內裡有鬆了一口氣的感覺。

這都是三十五年前的往事了。

前幾個月，我的臉書後臺，有個簡訊，我看了差點沒昏倒。是蔡！他的來信，一種說不出的笨拙有禮，說非常懷念，感謝當年我分他吃便當，以及伯母借他買機車的錢，希望有機會能相聚。我很難描述我內心的潮騷，我後來走上創作之途，完全和蔡、阿猴，甚至是我自己當時身邊那幾個半吊子（並非真黑道）的哥們切斷，事實上我變成一個「文人」。太怪了！蔡現在找上我，當年那種，他是連接著某個我的世界承受不起的「另一個世界」的通道，那個他的世界翻滾著暴力、非道德、江湖黑幫、以牙還牙，可以越過世間迂腐法律而直攫想要之物……，那種種，竟讓五十歲的我惶惶不安。

我循線去看他的臉書，發現他現在是一家什麼「高科技水產養殖公司」的老闆，變成教徒，臉書都加一些聖經上抄下的章節，或全家福溫馨照片，或一些國外關於大數據科技報導的連結。這真是讓我摸不著頭緒。謹慎回了封訊息，意外的是，照片中全家福的女主人，還是三十年前「被他開苞」的那位華岡藝校女生——沒想到他沒有如我以為地始亂終棄——這位嫂子也向我問好，一兒一女都上大學了。

之後我按我們約定搭了高鐵去了趟新竹，他開了賓士來接我（太像電影情節了）帶我去間希爾頓飯店裡的高級港式飲茶，總之他現在是個科技公司老闆了。

我聽他說起他一路走來，真是百感交集。很意外的，當年他離開成功高中那天（也就是青少年的他從我生命消失的那天），他就痛定思痛，也和阿猴、阿欽、阿釧、黑吉那些同鄉兄弟疏遠了。那天早晨發生了什麼事，他騎著他的偉士牌，在成功高中和臺北商專相鄰（徐州街）的騎樓停車，有一群北商的來堵他（好像是之前就有過節），「我那時年少氣盛」他說，很妙他用北港腔國語這麼說時，好像我不是當年目睹過他狠勁的「正常世界之人」，他從偉士牌座椅下置物箱抽出一把掃刀，衝進北商追砍那些傢伙。總之後來教官、少年隊的都來了。他當然被退學了。但他之後發憤考轉學考，考進中正高中，從此收斂鋒芒，之後考上輔大財經，畢業後去高雄證券公司上班，也幹過碼頭管理員，總之珮真（他夫人）一路陪他跌跌撞撞，他也聽她的受洗，大約是十年前，和一個朋友一起籌資，跳下來做這個「AI大數據和水產養殖生態控制結合」的公司，他們找了一些年輕電腦工程師，找到投資方，現在就是各處對養殖漁民遊說，推銷。「很辛苦啦，都還在賠。」

我問起阿猴。「很多年前就死了。」「怎麼可能？那麼聰明的人。」

蔡說，阿猴高二那年，跟他建中那幾個一起混的，去一家西餐廳跟其中一個的女友爸爸談判，阿猴也是在外面抽菸把風，突然就看到一個服務生，一身是血推門出來，慘叫「殺人了」。那年還登上報紙頭條：「建中生殺死北一女女友父親，知名律師╳╳╳」。好像是那女生的爸爸說了些狠話，這傢伙抓起牛排刀，往對方脖子、胸口猛刺十幾刀，當場死亡。那個人不知有沒有被槍決，但阿猴就被退學了。

蔡說：「主要是阿猴沒考上大學去做兵，回來後一直適應不了社會，他媽媽托他舅舅，讓他去北港一間土地銀行當工友，也是做了幾天，凶人家，就離職了。後來沾了毒，就是不歸路。後來好像也是為毒品買賣，懷疑對方婊他，起了衝突，被人刣死。」

至於阿釧（當年害我被記一支大過的那個臺西仔），也死了。也是沒考上大學，退伍後去工地當工頭，有一次喝酒吧，從工地上摔下來摔死了。

阿欽也死了。黑吉也死了。我不太專心聽他們各種死法。蔡描述這些時也帶著一種說不出的背叛或僥倖的怪異彆扭。好像一部科幻片，所有的人都死了，只有他以及其實不太相連的我，是倖存者。

■

他們告訴我：在這幢日本人在戰爭最後期，留下的「臺灣總督府工業研究所」（也就是所謂的「貳號館」），在那幾波不同的人去樓空，營區獨立發電線路全被空軍拔走，所以即使在外邊整片光爆燦白的盛夏日照，一走進去立即一種深入山洞的黑——說不出的這島上只要是七、八十年前日本人留下的建築，就必然有異靈盤據之鬼故事——到底日本人曾經在這裡頭研究些什麼呢？譬如同一層級的農業實驗所、林業實驗所、熱帶醫學研究所，把臺灣做為南進叢林的「未來」跳板，如今還可尋士林園藝試驗支所、平鎮茶葉試驗支所、魚池紅茶試驗支所、高雄檢糖支所、恆春種畜支所、臺東熱帶農業試驗支所、鳳山熱帶園藝試驗支所、臺北植物園、嘉義林業試驗場、臺北帝大的熱帶醫學研究所、臺灣檢疫所……看資料，你會發現長官公署和帝大的醫學博士，疲於奔命這座島爆發經年的霍亂、鼠疫、流感、登革熱、天花、小兒痲痺……。太平洋戰爭後期，防疫體系崩壞，瘟疫又大肆橫行。事實上連臺東發掘的美麗寶石臺灣藍寶（藍玉髓），在二戰時也被日本人當作戰略物資，開採極稀缺銅礦提煉製作戰艦炮座、炮彈、軍車或槍枝構件。一切以戰爭動員為最高原則。哪還有什麼「工業研究所」呢？更別說那成千上萬被徵調去南洋、中國戰場、化為炮灰碎骸的臺灣兵啊。

■

他告訴我，他們在這空間裡，放著一些工業機器人和至少一百四十名工程師，他們搞基因組測序開發軟件、機器學習平臺、未來無人駕駛電動車介面、強人工智能、預防強人工智能奴隸人類的預防其自主改變程式的函數設計、深度神經網絡、幫植物看病的ＡＩ、無人機從高空攝影探勘地下礦脈層之ＡＩ……

當然最聳人的，是這像貨櫃倉庫的空間中，不知哪個角落就會衝出，那些工程師在測試波士頓機械狗、機械馬、機械海鷗、機械海豚、機械黃蜂、Atlas機械人、軍用機械人……

影影幢幢，金屬焊接的怪物。踹倒它們，它們會在一種像鐘錶律動的怪異笨拙四腳亂動後，重新翻爬站起。這正是某個瘋狂博士的變態腦中迷宮吧？事實上，我看他們的頁面，竟還有「分子人類學」這個項目，這不可能吧？不可能把全世界的科技全集中到這無身分之小島一隅的廢棄軍營裡，一幢「反空間」的工業研究所啊？他們也研究臺灣蘭的品種，確實臺灣很科幻，在錯綜高起的群峰裡，有冰河時期喜馬拉雅品系、華南華北品系、東北季風來的日本品系、大洋洲紐澳華萊士生物線內的品系，以高度換取緯度，所以蘭花品種從寒溫帶到熱帶都有……，就是要登上這座島不同海拔高度的高山原始森林探尋。他們還研究真菌（菌絲體），做為未來沒網路世代另一種替地球創造高氧環境但同時可傳輸奈米級訊息的生物媒介。他們提到一世紀前日本奇人，南方熊楠。他們辯證出中華民族的始祖黃帝是白種印歐人。或是漢族人祖先是右羌人。他們的品味很高，收藏從葛飾北齋到古代投影機、油滴建盞、宋青瓷、高麗瓷、右伊拉克奇人海什木（阿爾．哈金）關於天體力學的手稿、川端〈淺草紅團〉的手稿，甚至他們在某一個房間櫃子裡，收了〈觀石錄〉中視為神品的艾葉綠，因為壽山石傳統石色「缺藍少綠」，他們好像彌補的收了月尾綠，他省的雲南湖藍凍、四川雅安綠、四川孔雀藍、青田藍星、青田極品封門青、芙蓉青……

我感覺這個黑影中，一眨眼就消失，你以為自己精神分裂，幻聽幻視，憑空冒出光輝熠熠的「達文西實驗室」，或正就那截發黑枯槁的小臍帶幻想自己又不斷湧出的「未來」。一種想像力無所邊界的童趣和瘋狂。外骨骼機器人裝，希臘神話裡的人獸雜交怪物(但是金屬貼皮的)、有一雙天使翅翼的機械獨角獸。那些神奇、該被發明之物，堆在這塵封發霉的老舊鬼屋裡。我終於知道為什麼後來空軍高層，要諱莫如深，加密再加密，把這一截二戰末期、臺北大轟炸、化為火焰強光中影塵的期待，鎖在這大金屬保險櫃，藏在這無人敢闖進的營區，讓時間停止在「工業研究所」伸手不見五指的漆黑裡。因為那是朝倒影世界而去，被遺棄的孤兒第一次遺棄自己所是之物，「如果……本來……要不是……那就好了……」，那個高矗、燦爛、奧麗的文明夢啊。

■

臍帶是一種什麼東西呢？

就是嬰兒從母親產道流出，開始吸人世的第一口空氣，助產士將臍帶剪下，它便停止了時間。那個嬰孩看其運數，降生在好人家還是貧苦人家？降生在太平盛世或是亂世？他會經歷怎樣的生命？也許就在空襲中被炸死，也許長至青年，被徵兵而死於異鄉？也許遇見心愛的人展開一場神魂顛倒之愛情？也許在嚴控思想年代，加入地下讀書會，被人背叛，入獄不久遭槍決？也許躲過這一切，平穩度過人生湍險階段，成為社會重要人物，到老卻說不上心底的哀感與寂寞，但終於讓子孫晚輩都開心，沉默地離世？也許幸運在那相對單純年代，成為老教授、老醫生、老校長，老來竟也迷上收藏，書櫃上也擺放著幾尊那石色豔麗的壽山芙蓉山子、荔枝凍雕羅漢、水洞高山古獸紐大印、甚或一兩顆後代不知其貴重的田黃薄意雕蘆雁圖、梅鵲圖？

不論如何，臍帶在被剪離他最初身體的那一刻，就死了。

變成發黑的一團硬物。

這個星球的脊椎動物演化到距今三億五千萬年前，才出現了體內受精這種形式，也就是胚胎從受精，到逐漸成長，發展出具體而微的各部器官，是在母體中，依靠臍帶這種東西得到養分。說一個白癡的話，臍帶做注音輸入時，是不是常打成「期待」呢？擁有臍帶的動物，從此這個新生命的出現，一定要有交配這件事了。但是，若是當時，連結著這截臍帶兩端，母與子，後來都被炸死了，只剩下曾經連結他們一段時日的這個蛻物。我們端詳這個七十年前的黑癟東西，感到什麼跟我們有關的虛無或惶畏情感？

但他們卻在這棟「工業實驗所」的建築裡，其中一間如地窖的房間，找到一個七十年前大鐵保險櫃，裡面藏著這個臍帶，還有一些文件檔案。那是一種比老照片、停止的老錶、蛀蟲咬了一個個小洞的昔日旗袍古怪的時光木乃伊。那是漂浮於歷史之外的鬼物。為什麼那些卡夫卡小說中低層公務員，在各自每一間小辦公室裡打字、謄寫、整理照片檔案的空軍文書們，要把這條發黑的臍帶，長年藏在這建築裡，層層封印？他們害怕什麼東西跑出來嗎？

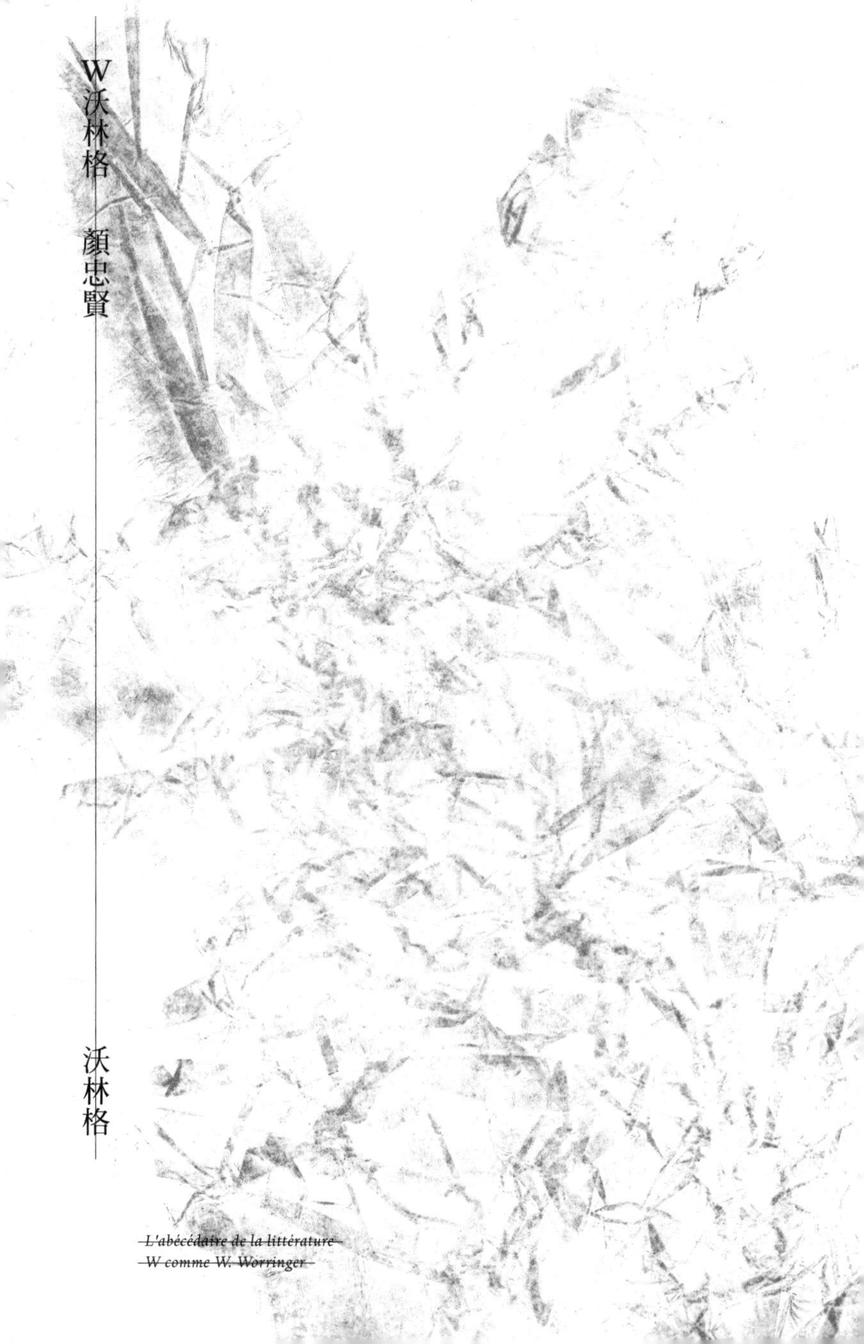

W 沃林格

顏忠賢

沃林格

~~L'abécédaire de la littérature~~

~~W comme W. Worringer~~

水底的水感……變成W的祕密教堂般的迷信！

那像是流放的死路上唯一的出口，光暈消逝前的最後夕照餘暉……W曾經是個無限詭譎近乎完美的奇怪時光陷入瘋狂狀態的某種真正熱愛游泳的偏執狂……

他提起當年服役期間的某一段怪異的時光……被交待近乎荒謬的勤務就是在老舊營區內潛水，破爛不堪的游泳池底的苔蘚無論如何都不可能刷完，深度不深但因為要潛水趴到最底層才能刷所以還是得帶著鉛塊和輸氣管下水底，那鬼地方像是沼澤充斥的瘴癘之地到只要泡水兩個小時就異常疲倦，咬著呼吸器的下顎也很瘦也沒法下水更久了，他常常浸泡太久拚命刷完走回岸邊抓著扶手但是似乎肉身泡水泡爛到變水鬼魂魄回不來到心神都無法帶上岸。太長的時光彷彿無間地獄的無間感，囚禁死牢地厭倦但始終無法脫身……他跟他的鄰兵W一個人刷上午一個人刷下午輪流費心費力地上工但因此而意外發現某種混亂場景縫隙的無奈偷渡大把的時間可以和W鬼混……

因為那舊營區裡所有人都還在沉迷手機時的心情晃動恍神，但只有W竟然隨時手拿著苦讀一本破爛不堪水漬斑駁的游泳選手舊時代教科書……充斥著「蛙式捷式蝶式的腹肌胸肌耐力扭力切換涉入的種種問題……甚至副交感神經、耗氧系統、前交叉划手……種種細節講究的精密教練祕密技術調節術」一堆他聽不懂的專有名詞，年輕的W老不知為何竟然還仍想許身一生地練泳，提及十多年來每天在游泳池苦練至少游八小時，拚命的時候泡水到手腳皮膚都泡爛到可怕，但是沉默寡言的W只靦腆略帶含糊地解釋：「我就只是很好奇，到底自己可以游到多快。」聽起來像是不知道自己心裡想的為什麼拚命的天真無邪近乎愚蠢但是怪異到令人瞠目的回答。「好奇自己能有多快？」難以理解地剛認識不久的他也對困難重重的游泳理解很有限所知甚少。問了很多到最後只想知道那種W為什麼逼自己下水拚命的殘忍……畢竟太過複雜的問題重重的青春無法讓他游泳持續。但是W感嘆地說：「只想一直練？練那種水流過臉的神般的速度感，只有在水底暗流疾游的自己知道……很難講……但是真的很神。」從小開始培養W

沒有停練過。即使沒在比賽他仍然在練的小學中學時他功課退步太多還是拚命把絕大的精力都用在訓練上。所以幾乎無法聽課，整個腦袋永遠都像是死泡在水中死命地游泳……和游太久的不免胃痛。

也可能因為他上課都在做某種游泳的更深的怪誕「意象訓練」，一種妄念般的想像，很多最頂尖的游泳選手都會做這種怪誕「意象訓練」。傳說中他們的急游姿勢細節已經這麼極致還能再更深度地修煉，而且還是用冥想的？W說他很少遇到有這樣機會可以瘋狂偏執傾向這樣深……如此專注沉浸到完全不想出水的怪事的太入迷。或許只就是入迷想像自己在水底暗流迷亂中還能去調整每個細節：「意象」就在腹肌二頭肌種種拉長肌腱的全身頸背腰身呼吸吐納切換長臂長腿入水浸水之後的潛行的用力又不用力……「意象」就在湛藍之中光影婆娑投影出更高張動態與多變表現了神經質的持續震顫與抽搐的超現實式的表達了多元異質力量的無窮糾結。「意象」就在水底暗流交織橫貫各種差異不斷增生與轉向的力線似乎較不是為了產生變化多端……「意象」就在愈深入潛水彷彿都擺脫了地心引力般垂直往上竄生。

「意象」就始終令W沉溺著魔般入迷到一再重複地想。想了一整天再下水就能更深入細微到充斥怪異姿勢不良細節等待糾正……一如在某種電影或漫畫上看過這種怪事的手腳被銬住的主角想像自己仍然還沉浸腦海始終在擒拿術關節技修練發功般地拚命……甚至更怪異到就像一種靈魂出竅般地祕密宗教信徒古老的沉潛苦心冥想……

W說，如果更深地「意象訓練」，大多夠入迷的選手會在第三年得到一個「水感」，沒有原因但普遍都是神奇的第三年，就像一種神諭天啟般的神聖完美啟蒙，或是愛情感發酵的意亂情迷的熱戀……而會對水感覺到某種觸動引發浸泡入難以形容解釋的更深的肉身潮解的祕密關係。承認自己那麼魯莽愚昧到或許他一生都無法感受到入水永遠是神祕的事的最後才能因為「臣服」而透過經年累月的功課深刻修行般地去求道般求證某種更神祕的對水的理解……而那種「水感」一如天啟無法教無法學只能等待肉身臣服入一種迷信般的怪誕祕密才有可能發現或……發生。但是另一種天啟般的天譴卻是水感愈強，胃痛就愈痛……

水底的水感的一再發生……愈來愈入迷地怪誕到變成他的祕密教堂般的迷信……沒人發現的他的祕密水感……一如某種浸泡入水不斷轉向液態地分歧碎裂泡沫破滅般地逆反與形變的無形，水因無盡的滲透入海底般地靜謐而深埋入無底深淵般地感受破碎與分裂而卻又飽含不可測的生機，在水底的自己或許就是只是為了找尋一再迷途與抹除臉孔的可能，就是下水找尋另一種困難重重見證神靈的可能，找尋另一種誕生在水底自身的風暴與漩渦，裂解肉身又再以其滿溢的意外狂亂液態流動對立於水的沉重又輕盈。或許必然是永遠的質地異常狀態……水的氣味光影聲音變化反慣性與無向量無秩序無組織的生機卻也又一再溶解入肉身的變貌……一如深入教堂列柱花窗長廊祭壇的種種回憶或更等同於迷宮朝四方竄生著無窮變向變貌……水底像是更激進酣醉症狀還更永遠無法理解也永遠怪異地高張力的充滿暈眩……但是其實W說他至今還仍然還殘存感覺到的只是……近乎完美也近乎瘋狂的胃痛。

更後來他一生彷彿都困在游泳池畔……老游泳游太久跟自己過不去，或老因為游泳池的怪事跟別人吵架，太久浸泡於池底的他太過恍神狀態到有時真回想所有誰講過什麼話是基於什麼心情，講那句話有多認真所以可能不見得真的是那麼偏向悲觀……但是想想記得這麼多也沒什麼用處，他真的很想忘記的水池外的人生人間的事，或許在這邊待了這麼久，真的誰好誰壞都不重要了，重要的只有因為他待在水底，總覺得水底外的人間要疏遠……人的一生的遺忘是那麼容易發生，而且不想發生也難的事，但是為什麼在每天都在游泳池的水底很奢侈的用力遺忘人生的困難重重……但也許W也是真的認清了到那個時候似乎有點晚到不可思議……

畢竟池底終究只是個需要神祕水感的某一種不幸的鬼地方，而且其實也許大家都迫不及待想逃離……甚至最後的W也用另一種曲折離奇的無法理解的人生狀態逃離，因為有一回車禍意外事故發生後受重傷而完全無法再練游泳……但是胃痛仍然糾纏著充滿不甘悔恨的他。

雖然W說他叔叔帶小時候的他曾去最著名的老龍王廟抽到的籤，問他如果一生游泳的未來，抽到上上籤：「直下深海去學仙，豈知一旦龍王宣，青天白日常明照，志在聲名四海傳。」

但是那回去狀況也是很複雜，真的拜完一輪不知道經歷了什麼，W不想求籤，但是他叔叔要他求才問，第一次正筊，但是抽籤之後卻老怎麼擲都沒有，叔叔老笑他還在旁邊說你要再重問一次重問一次，問到最後他覺得想一生游泳的事都已經愈來愈狹隘到就老想要放棄，又覺得他又不強求要一生死守在水底的問題……就在打算要走的時候，他又想到一開始就是正筊好像哪裡不太對，再回去重擲最後一次就連三個正筊。但是後來W把抽過的老時代上上籤文就死貼進他的游泳破書上。怪異的是後來他叔叔死了之後也因為有回放池邊竟然整本書不見蹤影，更後來也就完全消失找不到。

叔叔死前那陣子W說他老還夢到家人溺水過世，甚至夢到他們的喪禮。最疼他的最小的時候開始教他練游泳的親叔叔不知道為什麼留下一個很奇怪抱歉的微笑離開這個島嶼跳海說要游到很遠的另一個島，是因為家人的死。結果沒兩天，他叔叔就住院，診斷應該是白血病，不過他全家都有種奇怪的世故到最深的自嘲的幽默感，他們一生都把可憐的事講得有點可笑。

W他叔叔講他的一生早就被看破，因為太多太多和水有關的怪事。一如他叔叔跟他說小時候他們住建中那一帶老植物園有個算命的半仙非常靈驗……問卜的時候他會叫問卜的可憐人認真地去老榕樹下撿一片內心最愛的潮溼的落葉，一如某種更怪異的測字或米卦鳥卦的神通，那半仙看他的各種怪異形貌的落葉……泡入半仙的舊水盆中，再端詳落葉的形狀葉脈葉緣絨毛枯萎缺口蟲洞，到葉子的漂在水上的波動波紋，他就可以感覺到命的暗示來講出他問卜的事。

那時候叔叔就被說過他的命一碰水就會出事，但是從小以來他叔叔就不聽，他會離家族的家人們很遠，游泳選手參賽狀態一生流離失所都很不順遂，也離過一次婚才再婚一直都是租個狹窄小房子但是極端孝順常常回家照顧爺爺奶奶……那時候W說他也夢到很奇怪的夢，他夢到他叔叔變成嬰兒，但是整個人浸泡在他的潮溼黏液充滿的胃囊一如泡在羊水的子宮，始終沒有出生還竟然因為缺氧而窒息，近乎死亡到變成暗黑肌膚的而且死前只是全身只有一尺長怪物般的怪胎嬰孩。

最後一天的遺憾太多……一如叔叔過世前W最後回家照顧他。太多心事也太多瑣事纏身的永遠疲憊不堪地又甘願又不甘願……W人生的反差太激烈，一如更後來的悲哀的狀態的叔叔最後一個月打嗎啡，放棄治療因為愈來愈虛弱還交代更多……不再急救，不再埋人工血管，愈來愈放手的那種叔叔的悲傷又更難收拾殘局的感染慘狀。還有很多很多事他叔叔都愈來愈不記得了……昏迷時間愈來愈多之後到過世。

消沉……一如太過冗長的時光消沉的感覺到自己的過去都更疾速消失。因為在受傷後而無法再練游泳的W變得愈來愈笨拙而遲緩……他一生就只剩餘生般地後來變太快的人生變卦也變太多太多地近乎消沉到報廢……一如叔叔出事之後，老家人也真的一再地都有問題。有一房難看地大生意失敗到得憂鬱症的，有一房家族分家產爭吵到崩潰邊緣的，有一房小孩瘋的自殺了的……每一房都陷入某一種時間曄變末端的種種變卦……一如有一個個的可憐人發生太多悲傷的事，人都走樣了。W說這十年他也不想再回老家。不想再面對太多太多的老家人的更感傷的流變……

但是，神可能有的更深的嘲弄……但是死前他叔叔曾經跟他說：就像小時候我們坐的那個游泳池邊的破雜貨店，童年曾經游完泳就會去吃一碗什麼泡麵，坐下來在門旁有一排髒兮兮的舊木桌，吃什麼口味不記得了，在那一桌吃也的不記得，只記得每一回都好像有喝到熱呼呼的麵湯，但喝到那一種麵湯的味道……到底是泡菜湯牛肉湯麻辣湯早就不記得了。吃什麼不記得但是好像泡麵碗上卻好像是有游泳圈的怪橢圓形花圖案……最後的灰心的W對他說，一如我叔叔或許也一如神的嘲弄是……那幾年我在水底，太多細節遭遇困難重重的開心或不開心都不記得了也沒關係……只記得游泳完可以喝又鹹又油又熱的好喝泡麵湯可以救他，讓他那一游泳游太久就老會糾心的胃痛可以不痛一點就好了……

水底的水感……早就消失也太久不再變成他的祕密教堂般的迷信……W老說一如他叔叔一生亂流亂漂亂跑的一路上，一生把太冗長的游泳選手的苦練的苦難時光，不再是像素描人生輪廓線般的陰影可以修得成形或細膩或完成度高一點那種著力，而反而更像是畫皮裡的惡鬼成妖成形地現身後把人皮就丟了那種放肆的修煉。但是在W水底童年的回憶有時還是會混亂地切回他的腦葉像某種遺忘的神通召喚他……W提起更小的時候到更後來老是煩惱到就快瘋了……一如某一部怪影集那個有超能力後遺症的怪男主角老被帶到各個不同時間的和水有關的怪回憶亂流，充斥著混亂的思緒狀態：他在房間裡的小時候母親念童書睡覺前喝牛奶的時光，他在一個花園水池旁和一個黑人心理醫生對話，他和某一個少女約會開心地一起在雨中邋鞦韆，他在另外一個光線血紅噴水霧夜店狂歡慶祝的時刻，但是時光混亂而不確定他到底在哪一個時刻……他還很小或是他已經很老。或是更後來的出事失手的他還已然陷入困境被綑綁在一臺水療般浸泡全身的怪機器裡頭，有時候他的名字都記不起來，從錄音帶裡放出來他的聲音，他跟一個老醫生的對話，他問他：「你能說出一個名字嗎，你愛的人的名字……」但是什麼都遺忘了的他回答不出來。太多太多變卦始終糾心……童年回憶始終糾纏的男主角一閉眼就一再出事，甚至又回到了小時候另外一個陌生的房間，他昏睡好久但是後來就在窗外野狗哀嚎聲中醒來，那個女主角叫他拿著一瓶藍色藥水趕快跟他回家去服下那瓶人格分裂症的藥物，為什麼藥水是藍色的致使他們開始產生幻覺，出現干擾時間調一次就出現跳躍，他不知道自己最後為什麼離開，一如在廚房他不知道為什麼失控超能力發作大爆炸所有的廚房水槽水龍頭噴出水柱而沖垮塌陷老家破舊斑駁地板牆面完全爆炸成碎片，但是他還是記不得了。

然後他又回到他小時候的房間，他的超能力太強太容易遇水就失控，老醫生們要相信他太困難，只好回到他還更小的時候，回答當年他老看到可怕的潮溼水漬充斥著的舊童書就會把眼睛遮起來，害怕童書中那個可怕童話故事裡有人被殺，也還不知道那是他自己殺的，甚至不知道那是不是他自己童年的記憶。

更後來的那個老醫生一直要叫他回到過去想法子一定要找尋到那個出事的他超能失控的啟動源初時間，但是他不知道為什麼或如何找尋，一出事也又開始非常害怕，那像是一種循環的災情慘重……因為他一害怕就引發災難發生致使那房間地板始終無法理解地一如空氣浸泡於洪水淹沒地晃動。也致使死白房間裡所有的人的臉都非常的模糊，他說他不知道為什麼會變成這樣，老醫生們安慰他說：「每一次都會這樣，狀況非常的複雜難過緊張，不過你不要擔心我們會幫你找出真正遇水就超能失控問題的動機，可以解決你沒辦法面對的童年恐懼。」

最後到了那個巨大的水療怪機器前的老醫生對他說：「我們想找出你的童年關於水的回憶什麼時候才開始扭曲的，水的種種『意象』出現前……某個剎那，要極度專注端詳……因為你的眼球可以因為水的光影變化薄膜投影折射而看到另外一個童年時間某個超能失控中異常扭曲感浮現的死角，會老有小時候家人對你呼叫……到底發生了什麼可怕問題或是什麼可怕狀態？」

最後，太過焦慮的老醫生始終無法理解地擔心地逼問他：「但是你有按時間服用我開給你的藥水嗎，你十到十一歲症狀開始出現的時候你都吃什麼藥。」他說他的父親一生研究天文學還老半夜開車載他到山上去看星座教我辨識所有星座的名字，雨天雲靄密布陰影中還出現的這些星座都對他說話，彷彿是象徵性的什麼神祇對他說話，但是他父親卻說他也能聽到。他一開始感到不安就覺得開始浸泡晃動般地洪水地震，因為那一扇房間的怪門出現好像有人打開了一個可以勉強偷看進來的裂縫，開始有雜音而且更激烈晃動，那個老醫生去把門關起來跟他說……不用擔心，又回到原來的地方，到底結束了沒有，他突然感覺到自己在巨大的藍色光線的金屬隧道裡一如游泳池底深入的池水藍光，但是不知為何又跳到另一個淹水的雪白的病房走廊，為什麼那兩個老醫生一碰到淹水的現場就不見，他始終懷疑到底是怎麼回事，他的大腦整個亮起來彷彿泡水到底是怎麼回事，那不是記憶，而可能只是在水療怪機器儀表上他看到了奇怪的虹光出現在水藍色的狹窄機器液態容器的內部，最後快要窒息死亡的他看到全身麻醉肉身浸泡的所有怪現象一如童年回憶種種影像開始晃動扭曲變形。他要爬起來頭去撞到怪異機器，泡水太久的他在那個下載的液態狹窄水療蛹狀機械密閉空間愈來愈恐懼，他老好像看到有一隻黏黏的深水怪魚要攻擊吞噬逼身過來非常危險但是沒有人能幫助他。那水療機器出問題到最後關頭竟然卻有一種奇怪的長相像青蛙嘴巴長舌吐出某種口水卻像大麻的迷幻藥水。但是老醫生們都坐同一臺電梯討論著他被另一群人抓走的必然混亂，他知道自己很混亂，但是那個老醫生對他說不用太久。他知道他們可以拯救他，但是要有耐心。

但是他怎麼知道自己沒殺死其他人，失控前的他又回到那個破舊的房間，那破牆角的破舊水管還老在緩慢的滴水，床邊有一個時鐘，深海魚水族箱有像蛇一般快速游動的怪魚，最後還是選擇離開前的老醫生走進來打開了探照燈對著坐在那個病床上的他說：他可以開始了嗎？因為他自少年時期為患上懼水症一如懼高症的某種怪異視覺失調的精神病所苦，多年來不斷進出精神病院。直到有天他認識了自己擁有透過觸碰水就會出事，他在偶然交談後墜入開始相信自己老以來困擾深陷危險的和水有關的幻覺般的聲音和影像有可能都是真的，這將激發出超乎他想像身為超能者怪異的經歷，也將展開一段關於他的不可思議地陷入謎樣的水的神祕冒險……太過複雜危機四伏地困難重重。

完全無法理解的他跟W也說自己在當兵荒唐的那每天怪異潛水洗可怕池底期間做的某一個怪夢：夢中的他也是一個遺傳到超能的後裔，但是一生始終未知，甚至後來意外發現自己也不太相信也不太喜歡不太想捲入其中的奧妙。然而更多線索找到他，超能發作過程卻愈來愈離奇。他其實在線索中慢慢發現自己不是過去想像的那種凡人，而但是人生卻也因為超能力愈來愈厲害但卻愈來愈落魄潦倒的怪人，只是好久以來不是很清楚自己的神通，尤其是可以瞬間升空疾飛，但是有時候也還是會失敗。

更久之後的後來發現老在被追殺之中的他好像被捲入一個陰謀，涉入了殺手們在找某個祕密宗教集團，使他始終好像被跟蹤到陷入緊張情勢持續惡化的惡夜追殺，大多時間他老困於那一個牛鬼蛇神市集老街太多怪地方，沒有人認出來，但是後來出手救溺水小孩被發現了在某一個淹水災情惡化的池塘旁，還是老被一個偽裝的老殺手認出來，但是其實現場非常危險，殺手們已經追殺到了，他在瞬間地上跳起來疾飛入池塘底沒水的後端死角。後來還深入了池底祭拜儀式中祕密軍營深處的老舊建築的廣場。

更後來的夢中，他還更離譜地偷了廣場的某一個巨大街頭的古老銅像，那是一個太黝黑而銅綠長滿臉孔的偉人雕像。其實他也不認得那個偉人，不知道偉人過去做過什麼偉大的事，但是，因為不可思議的巨大，所以他們都沒有人相信，只是聽說城裡最大廣場的最大銅像半夜被盜走之後卻變成懸案。

他們問他怎麼運走這麼大的鬼東西，他說，我練成一種妖術，念咒，吹一口氣，就可以把銅像變小，放在口袋裡，就可以假裝沒事地走開。但是只能在下雨的時候，他也不知道為什麼雨水是最重要的，雨中的咒才可以將銅像溶解轉換縮小的怪異狀態……

那變成了另一個關於雨水的怪夢卻只是一個懸案……

最後他竟然帶著口袋裡的縮小銅像深入地潛入另一個池底怪異法會裡，所有的怪僧侶都還在念經而且在手上好像在搗一個舊缽的湯汁用以調一種迷香般的迷幻藥水，他發現愈深入他們的怪法會愈走愈清楚狀態太過危險到好像是一個老預言中自己是必須要犧牲的烈士，但是不願意承認當烈士宿命悲慘下場的他一路逃走之後，愈來愈嚴重地發現逼身威脅，一路派出來追殺他的殺手法師們愈來愈厲害，但是他對預言中那種先知和惡魔其實都在一種打造了人間可是又因為太多曲折離奇的狀態而想進行另一種毀滅人間的詭譎氣氛，對於他自已能否逃離非常沒有把握，一如一路上被追殺的對決殺手愈來愈強，他逃離現場有時候成功有時候失敗，到了最後逃入某一個終於可以閃躲的可怕地方，一心想逃走殺手的追殺，太過緊張失手飛行墜落而誤入了一個破舊建築屋頂的剎落違章建築的老店的破工廠，發現那怪地方充斥著靈位的入塔前儀式祭典貢品滿布插香的長木桌，他們還正用長木桌旁的髒游泳池畔池邊加熱煮一如豬大骨或顎骨獸的骨頭湯汁，或是煮沸的某種煮很久以前沒有停火過的非法人骨大骨湯，湯湯水水的什麼鬼東西或就只是W提過的那種熱呼呼的不明泡麵湯。只是他始終不知為何地始終饑餓……

後來，走到了他們要去的一個很老很昂貴的旅館，他才發現，那是一群僧侶們一起包下了好幾個房間，他們都已經要走了。趕一個時間，不知是要趕車還是趕飛機，他不知道原因。這令他很不好意思，因為他老是最晚到，他們在等他收拾東西要一起離開。他想起之前等電梯的時候，也排了很久時仔細端詳，那狹窄的浸泡在水中一如他們每天潛水洗得骯髒不堪的破游泳池底長滿青苔斑駁多年的老電梯間中充滿了近乎不可能的出奇地華麗種種的奢侈黃金打造的完美無瑕鏡框，充斥巴洛克風格草葉雕刻弧形的鑄鐵製扶手，麻花柱列成排繁複刻工的胡桃木精密雕花牆體長廊，但是，因為太多怪僧侶們也在擁擠的電梯間裡，老是在有意無意地打量他，使得完全沒有心情端詳精心打造的電梯間的他甚至緊張到胃痛，一如W沒有泡麵湯就始終在游泳池可怕的池底無法逃離地永遠浸泡……老一游泳就逃離不了的胃痛。

W評論

潘怡帆

沃林格

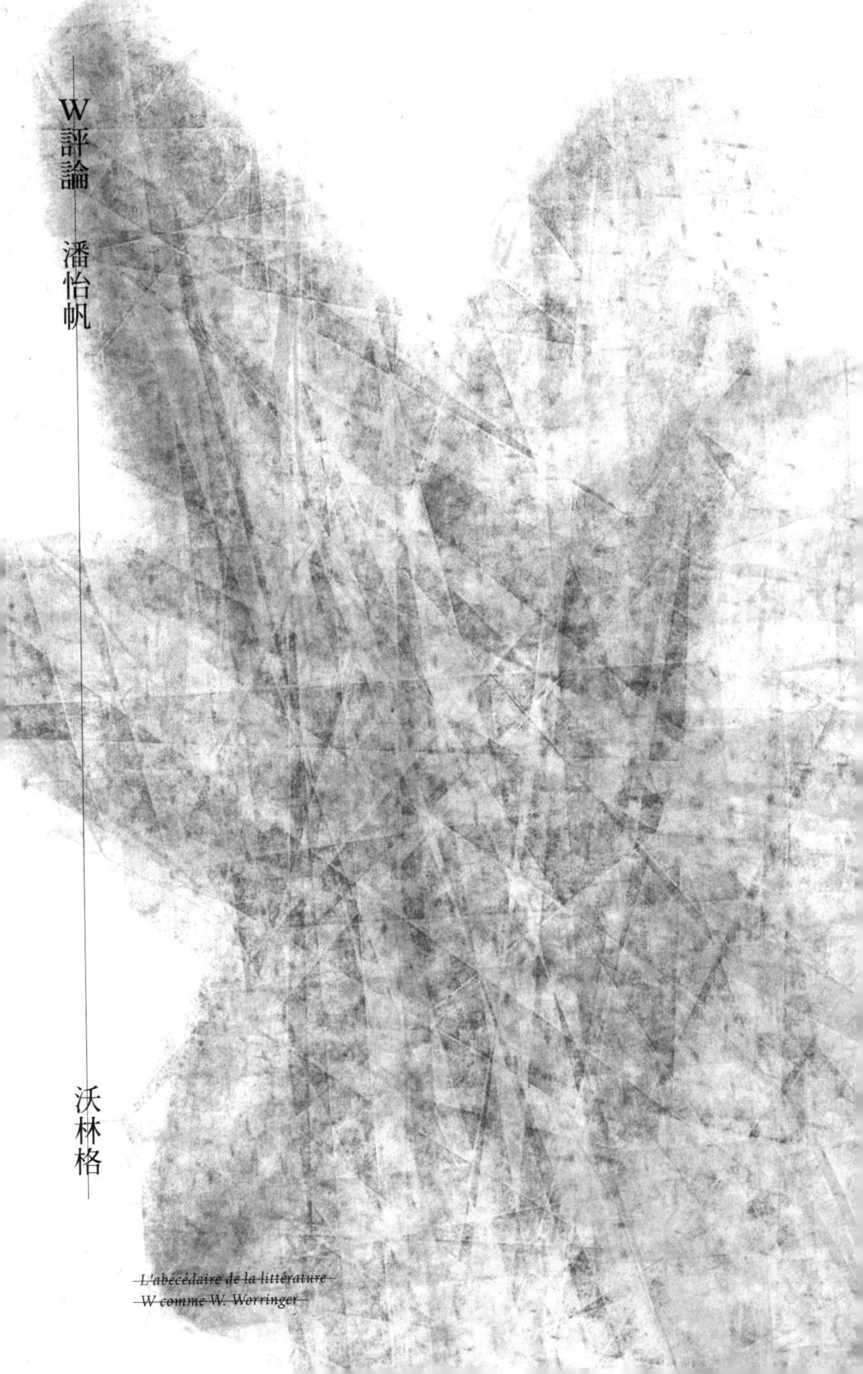

~~*L'abécédaire de la littérature*~~

~~*W comme W. Worringer*~~

W的核心在於搭建出歌德式思維的小說建築。古典建築學要求基底穩固、牆面厚重與層疊受力的和諧性，歌德式教堂則有瘦骨嶙峋的框架，以火焰般直聳竄生，背反地心引力，挑釁石材的輕重沉浮。它通過從塵世建築中冉冉升起的教堂，叩問建制體系裡的古典思維；通過逆反、破碎、無組織的持續震顫與抽搐，重顯神聖的光之暈眩。沃林格通過歌德線與古典之間湧動與和諧的創造悖論，重演赫拉克利特與畢達哥拉斯之戰，將康德的「論崇高」一切為二，讓力學對峙量體，修長對強健施以點的穿刺，搭建虛空對實體展開游擊包圍。這是輕盈與重量之爭，彈性與牢固之戰，是「我們一意識到一條線，我們就非自主地在我們自身中重生了它的創造程序」。環繞著一條線所綻開的通天建築，陳雪的字母A曾插入雲端蓋起「天空之城」，字母C則構成顏忠賢天城（廟）旅舍與童偉格百年旅館的建材。此次，駱以軍將卷土重建空總，讓黃崇凱通往平行世界的火車遍地梭巡，讓胡淑雯以無形脆裂堅實。

陳雪凌空穿針，通過「一無所知」的虛擬線鋪織小說。女主角一覺醒來發覺自己失憶，大腦空白，孤身處在輪廓模糊不清的空間，嘗試為光亮而無名的世界標定方位。通過觀看，她抽絲剝繭地拉出了一個旅館房間、躺著的陌生男人、她的手掌、手心、手臂，身體裸露，只著一件萊卡內褲……外在的描述不斷把知識撈回她的腦海，判讀自己的情況可能是：作夢、暫時、間歇性或永久失憶。空蕩的腦隨著字彙填充，塞爆知識，接著，男人醒來。根據兩人相處的狀態，女主角猜想他們應當是情侶關係，經他口述，她確認了兩人半年前的相遇、自己的身分與身處的時空狀態。一開場什麼都沒有的失憶逐漸轉出色彩斑斕的情節：他叫趙剛，大理來的商人，她是李美娜，臺灣旅遊雜誌記者，他們曾在柬埔寨的金邊共度五天，這次是李美娜打電話告知趙剛，她將再度回訪金邊。未料，三天後她所有的記憶都只能仰賴趙剛提供，然而，趙剛只有關於李美娜的記憶，卻不知道她護照上名為李孟蘭的人生。李美娜不知道失憶後的自己更接近趙剛重建的李美娜，或者兩人根本不認識的李孟蘭，也分不清哪一個身分才是偽造的。她與趙剛看似堅實的情感開始風蝕出窟窿，甫落成的記憶大廈屋瓦紛落而破敗成空。趙剛愈是確信李美娜的存在，愈是驗證他對李孟蘭的毫不知情，李美娜經由趙剛一手搭建起來的記憶，最終只是疊床架屋的重複一無所知。用來構造整篇小說的李美娜，其實是一無所知的實體化，純屬虛構的造物，她現實的身分是李孟蘭，阿卡的妻子。弔詭的是，小說中唯一的現實卻是由一個並不存在的虛構角色李美娜來指認，就像她在小說開場，只能通過命名來具體化周遭世界，她也將自己重複指認為另一人：「她忽然記起了一切。記憶來得如此之快，好像從來未曾消失。」李孟蘭的孩子在兩年前意外過世，從此之後，她開始一連串的自毀，亦無法面對想努力重整生活的丈夫。她離開丈夫，遠赴異土，找上一無所知的陌生人趙剛，以便不受阻止地尋死。然而李孟蘭一無所知的是，威士忌、大把安眠藥加感冒藥，只讓她變成失憶的李美娜，而非預期中的死亡，於是，小說重返開場的一無所知。蛻變為李美娜而甦醒的李孟蘭一無所知的是，自己經由李美娜與陌生人的善意所重獲的並非僅是恢復的記憶，而是走入痛苦之外的另一種生命，見證創造的可能性。李孟蘭的自殺歸零被掉包成以一無所知重生的李美娜，陳雪使虛無偏航來暴漲生機，由是，終結總已轉向另一個起點，就像喪子後出走的李孟蘭亦已孤身重影地鑽入字母N的尋妻迷宮，成為另一起事件中永恆失落的拼圖一角。在此，一無所知的力量再度搭建出另一條虛線，任憑想像瘋長。

陳雪用李美娜與李孟蘭一線雙寫，黃崇凱則用「一列所有人夢中隱約見過的」，似曾相識或出現在哪裡皆不意外也皆可能的長途火車貫穿兩邊世界。小說從一九六八年巴黎往布拉格的火車旅程開場，同行三位男士胡里奧、卡洛斯和賈布聊著爵士樂起源的話題；下一段敘事將時間撥到五十年後，火車抵達池上車站，獨自遊歷的單身女子「她想到一個空曠，天際線寬闊的地方，獨自度過四十歲的生日」。小說由此展開雙線敘事的二重時空，但凡在池上小鎮晃盪的主角「她」睡著，六八年的布拉格旅遊便循著卡夫卡的城市痕跡繼續走下去。導遊米蘭領著三男去洗三溫暖，出來以後，卡洛斯和賈布抱怨洗得太熱了，米蘭猛地將他們兩個推落河裡。直到兩人狼狽上岸，眾人哄笑成一團，此前無跡可尋，卻混音到胡里歐的笑聲，無痕地融入旅行團中唯一女性烏格涅，將開往布拉格與池上的兩列火車逐漸扭結並軌成同一列。夜裡睡不著的烏格涅開始想像五十年後，在比東歐更東邊的地方，「一個女子在島嶼邊緣的小鎮裡晃蕩的感覺」。一邊是烏格涅睡前的想像，將遠方正漫遊於池上的主角「她」逐步收編到自己的腦內，另一邊是主角她回想昨天午睡時，夢見自己與三個中年男子搭火車遠遊，將開場的布拉格之旅反摺入她的夢境：「更為年輕的自己，三個沉睡雄性氣息均勻，她躺在火車臥舖上作著遙遠的夢。」兩個女人相互把對方的存在吞入自己的肚腹，又或者她們其實是同一人的前世今生，烏格涅流鼻血時，「她」月經來了。同樣溫熱下墜的血液使她們一個通過想像未來，另一個通過夢回過去而交纏地預言／憶起／生下彼此。最後一段，小說安排兩個女子的思緒交疊出現，烏格涅不知道自己為何會知道「蔡依林」這個奇怪音節而可能是中文的名字，「她」則不明白自己為何夢見與三男同搭火車旅行，坐在包廂裡的烏格涅捏著又開始下降的鼻血，推開車廂門，走向「她」腳下的柏油路，邊走邊盤算搭下午的火車回臺北。「她」嘗試分析自己夢見火車的象徵意涵，在晃動廁所裡靜待鼻血止住的烏格涅回應：「她猜，第一個火車夢並非火車出現之後，而是早在火車問世前的很久很久以前。不然人類怎麼會想到火車的形象呢？」火車夢先於火車存在，烏格涅先於「她」存在，她後至的反省再次將「她」先前的開場吞吃入腹：「她抵達池上車站，驀然想到第一個夢見火車的人可能做著怎樣的夢。」夢境與想像反覆內外凹摺，疊合成厚重扎實的單一平面，烏格涅說，「她要繼續想像她。如果不繼續，她就不存在了。」拜「她」的夢境所賜，烏格涅才能在那個女人安全與自由尚未無虞的年代裡，出現在三男結伴的旅行中，傾聽他們在三溫暖裡的政治討論，展開文化生態的觀察，成為夢裡的第四人。只存在夢境中的烏格涅靠著不斷想像「她」，維持自己的存在，由是，池上小鎮裡的「她搭上回程火車，回到出發的地方」。返回作夢的源頭，等待烏格涅重新生下「她」。黃崇凱將烏格涅與「她」搓成「雞生蛋、蛋生雞」的相互生產關係，虛構與再虛構的層層交疊恍若他在字母P中向外跌出的另一個篇章，由是，W的虛空之線朝著另一個方向持續蜿蜒。

黃崇凱通過「她」的夢境召喚烏格涅，經由烏格涅的想像生下「她」，奇正相生的循環讓不存在的人開始走動，衍生故事的莫比烏斯環。胡淑雯的小海跳動在過去與現在共軌的時間，展開「未知」的二重意義辯證：一種是現在回望事過境遷的過去，另一種則否決現在，使此刻就地蛻變為無可辨識的未知。第一種未知，通過後見之明，推翻過去所是，十九歲的小海凝望五、六歲的自己，當年遇上醜陋的黑毛怪，渾然不察已受到「性侵」的威脅。過去的明白被判定為今日的「當時其實並不知道」，現在對過去的否決動搖了事件的面貌。而倘若此種未知以新生的觀點推翻過去，那麼，後一種未知則再度放倒現在，送入無限可能性的未來，使未知從面向過去的重新認識，轉往未來之無可認識。由今日觀點重新解讀過去，通過匡正認識，使過去的誤解恢復條理分明，未知在誕生的同時被新的知道毫不遲疑地葬送。不過，任何說明都可能澄清認識，唯有持續裂解認識才能一再被拋擲回對未知的可感。由是胡淑雯的小說開場已在重返未知的途中：「那年小海十九歲，對戀愛一無所知，這東西就這樣洶湧猛烈突襲而來，猝不及防，連鞋子都還沒卸下，衣服也來不及脫，就什麼都不要了，都給出去了。赤裸，羞澀，困惑地燃燒著。不羞愧，不後悔。再怎麼噁心，害怕，還是要去。……什麼都不怕了。」剛脫離未成年的小海，不知道要怕地投入一無所悉的戀愛，毫無認識的她重新疊合了兒時自己的重影。當年，「未知」像一層保護胚胎的卵膜，環護著還沒長大的自己，使她可能震撼於石破天驚的醜八怪卻避開了成人的性傷害，未知確保了她與她的世界弄不髒。出於對戀愛的未知，多年後的小海再一次幼齡化，眼中只有戀愛的她不羞愧也不後悔，在眾目睽睽下露出將裸半裸的形態，像過去一樣急於探索而忘我地返回兒童。然而，她已失去「那些唯小孩才能夠的事，就惶然成為大人了」，忘我的結果使她被貼上「不要臉」的標籤，招致熟人的電話性騷擾。未知重演卻不再護衛著小海，成長取消了她保持未知的權利，當她對自己過去的經歷重新賦予意義時（不是奇遇，而是性霸凌），她已定位的認識迫使自己無法不知道，且為此承受電話裡的沉默攻擊。相對於童年近在眼前的危機，成年人的惡意遁於無形，卻更加凶險。未知一旦被認識便轉眼消逝，被破解的未知卻可能形成「未知術」，將兒童時期的純粹未知，凹摺成返璞歸真的卸形技術，擊垮現實無可撼動的確定性。就像小海對未知的二度反省：「將未知視為未知——而不強作已知——的天真狀態，有時候看來，比世故還要世故。」不解現實，才能解除現實的重負，未知做為卸除認識，拒絕進入現實框架的逃逸技術，解放了被電話線暴力套索的小海：「感到有點冒犯……他們要的就是妳的羞愧。」她不說話也不掛電話，只要不按照劇本，她便能脫離所是，重新遁入無可捉摸的沉默，搖身變為未知本身，讓傷害漂浮而無處著落。「於是小海知道了，自己一定會贏」，只要未知仍舊未知，便存在游刃有餘的空間；只要放棄自曝意義，被標籤化的知識便陷入存疑，施展起一種比有聲與表態更具威力的武器，歡迎光臨《塞壬的沉默》。

胡淑雯的W使將臨的X預先在場，讓未知可感，而非無知於未知。可感的未知以缺席的方式在場，就像童偉格的敘事者以缺席的小舅為軸心，製成了一幅核心鏤空的家族團圓圖。不在場的小舅成為標定家族史的時空座標：外公過世於小舅不再返鄉後的其中一個舊曆新年，母親坐在小舅童年的舊家客廳裡摺紙蓮花，阿姨早於小舅一步地展開浪跡天涯的冒險，外婆靠等著小舅歸來過日子……敘事者把小舅P圖進他所有記憶的場景，「我應該是剪下自己印象最深的，小舅的模樣，像玩紙娃娃一樣，將這模樣，黏貼在不同街景上，因此，得出了一系列關於他的偽記憶。彷彿我和他一向都很熟。」填上小舅，家族才能完滿，就像把外公之死牢牢緊抱在舊報紙糊成紙燈籠的家裡，「時間能被困在這具紙燈籠裡，永遠別再流逝就好了。」外公還沒正式離開，把小舅再寫進來，家裡就覆蓋嚴實，沒有什麼隨死亡流散。敘事者明白所有小舅的位置「自然是偽記憶，因為其實，我虛構的那一系列異景，只確證了小舅長期離鄉的事實。我不可能知道哪怕只是一瞬，他的真實感受」，然而，敘事者卻仍按著小舅年譜鋪陳家族史。有別於敘事者父親或大舅使母親陷入真正沉默，「靜靜站遠觀望，像是無動於衷」的死亡定讞，做為路流人離鄉的小舅，意味著可以期待的歸來，就像同為路流人的外公、ㄕ老人、水流神與也曾一度壯遊四方的阿姨。路流人外公一路遠行，邊走邊自創身分，到另一個村子過全新的生活，在最近一次的新生活裡，外公遇見外婆而留下。水流神在海灘被撿到且辨識出真實的周倉爺身分，於是荒地上落成了祂的新廟，流浪的ㄕ老人則挨靠著廟住下來。少女時代的阿姨只在過年時返鄉作客，等到成為歐巴桑時，她攜帶戀人，一同返回本鄉依靠外公。有別於死者，路流人是等得到的，即使可能在時間裡迷了路，但糊在窗上終究不同於捆成鞭炮引信的舊報紙，一個通過重讀足以動搖時間軌跡，再次發生成為現在進行式，另一個僅能默默被焚燒殆盡。敘事者想像「小舅喝酒，吃著酸辣粉，還是羊雜碎。吃下那些陌異調味，再此體感一種空虛的飽足感——好像全身都被激活了，但不知為何，食物就是一直下不到胃腸」。再三提及小舅使缺席彷彿在場，談小舅離鄉或已逝的童年無非是讓空缺顯現來營造「空虛的飽足感」。由是，不知壯遊何方的小舅唯有離開尚未歸來才能成為家族缺席的核心，他連結著留下的與離開的，外公與父親，阿姨和大舅，使離開不再斷成二截，而總已朝向尚有「返來」可能的轉圜，他會減緩流速，讓世界慢慢停下來，就像二舅的祈願：別再流逝。密不通風，什麼都離開不了的紙燈籠，映照著字母Y中另一盞不斷旋轉的七彩燈籠，那是被廣告帆布一一抹瞎了窗眼的家屋，抵禦著任何入侵的可能。於是，童偉格的W與Y向內向外雙開外掛，扶搖竄動地裡應外合。

童偉格把虛空捏得緊實，駱以軍「像小人兒鑽進巨人屍體的空腔」，在「內面布滿癩痢和癬」的空總裡，擦亮讓滿屋子重新金碧輝煌的火柴。他小說裡的敘事者走進歷史古蹟，翻閱史料，撞見看似破敗幢樓的舊日丰采。曾經，在營區裡走動的都是最嫡系的嫡系，身穿飛行裝的大男孩是老頭子手中最神武的玩具，第一夫人口中傲驕的「我的空軍」。飄蕩在那裡的是靡麗腴軟的白光〈魂縈舊夢〉、李香蘭〈夜來香〉、纏綿斷腸的〈西子姑娘〉，飛虎隊陳納德將軍與陳香梅的異國戀，神祕撞山的〈清河七號〉演習，或五三年的閱兵撞機事件等淒美、壯大或荒誕的故事……然而，小說不在於一一細數舊事，重返鏗鏘有力的軍方記憶或考據史；相反，對比此時一棟棟空樓，石灰土壁帶著吸水麵包的溼爛感、腐朽的空氣，地板的支撐蛀蝕壞毀，稍用力便能踩出個窟窿。過去那段小夥子各個穿皮夾克、牛仔褲、丟彭打火機，搭老美吉普車巡弋營區四周田野阡陌，白鷺鷥、麻雀、黃粉蝶紛飛跌宕的風景，像是夢境裡才存在的美景。敘事者像帶著一大串舊式黃銅鑰匙的守夜人，撬開頹圮建築裡的每個細節，配戴上修錶師父的獨眼放大鏡，讓已不復見的空間銀光熠熠地展開，「事物像是從夢境中，水光粼粼地撈出，由模糊而漸清晰。」通過描摹鐘錶師手指彷彿「又長出一條菌絲那麼細長的手」，將桌上一小盆一小盆的手錶零件、圓玻璃小罩，金屬殼、發條鈕、擺輪……疊塞進極小膛殼內的精密技術；裁縫師惦量著每個女人的身體尺寸，把直筒而下的旗袍順著舞廳歌女小蠻腰豐臀曲線，改成豔麗綴亮片的風流旗袍；攝影師在暗房裡用藥水調校反差、層次、靈光，撈出一離水「立刻『活過來』的溺水孩屍」……敘事者讓人去樓空的世界重新活回來，從至今仍貼在牆上，鉅細靡遺的巨幅「空戰戰情圖」，召喚昔日空軍司令、作戰官、幕僚們氣勢奔騰「像棋士推演著錯繁交織的空戰劇本」。衰敗與繁華，頹垣與聖堂，愈是劇烈的場景反差，愈是使情難以堪的殘破轉變為極致華麗且難以想見的琉璃樓閣。流連在這座展示了國民黨最繁盛榮耀基地的敘事者發現，空總的前身曾是日本人在戰爭最後期留下的「臺總督府工業研究所」。原本光爆燦白英姿颯爽，徜徉在舉國矚目中的光域，霎時墜入伸手不見五指之深淵闃黑，光鮮成為層層摺入祕辛的表面，就像隱身在空總福利社頂樓，必須架設監視鏡頭，慎防巡察的卡拉ＯＫ，今日平淡無趣裡曾有的風華絕代，那些嬌貴體面的空軍史成為隱藏祕密研究的擋箭牌：「我們感到那是一座迷宮疊上另一座迷宮，如此覆疊無數座迷宮的亂碼」。光影幢幢被封印在一間地窖般房間裡具有七十歷史，鐵製大保險櫃中，長年藏有「變成發黑的一團硬物」的臍帶。看似無奇，「在被剪離他最初身體的那一刻，就死了」的臍帶，其實珍藏著距今三億五千萬年前，由於體內受精的演化，成為脊椎動物輸送養分，發展各部器官最原初的生命系統。小說從廢墟空樓暴長出繁華榮景，最終來到深埋著發黑發硬的臍帶藏所，通過將悠長的脊椎動物史摺入瞬間消亡作廢的殘渣，回叩小說最初雜草漫生的荒蕪之地，將破落淩空虛指成光華。小說像腔腸般將時間疊進疊出，逐漸凝實成沉厚攪不動的焦油瀝青，用W將字母T的時間牢固地封印其中。

沃林格將建築學中的古典對立於創新，從差異中嫁接連續的繼承關係。歌德大教堂的原創性必須從羅馬教堂的限制與界線出走，由南羅馬拉往北歌德的創造之線，將橫向打直，聳入天際。由是，在歌德式教堂的創新中總已蘊藏著羅馬的時間與秩序，沒有羅馬典範，便不可能彰顯歌德建築裡無組織而四處湧動的生機。歌德的創新從羅馬古典的土壤裡萌發，胡賽爾（Husserl）提到，過去沉澱於現在之中，駱以軍以空總的遺跡捕捉逝去卻未曾消失的時間，而顏忠賢則通過游泳談繼承與偏移。小說主角「他」講述過去曾經歷的一段怪異的服役時光，他與鄰兵W共同負責刷洗游泳池底的苔蘚而相識，這是個耗費體能的工作，因此每隔兩小時就必須上岸休息，輪替之間長出聊天的空檔。弔詭的是，「他」做為小說主角僅僅轉述了W的故事，把自我化身為一個巨大的空殼，塞入不屬於他的靈魂。「他」成為敘事裡的多餘在場，沒有「他」無損於小說以第三或第一人稱發展，因為「他」做為純粹旁觀的身分就像非必要存在於作品中的讀者。反過來說，「他」的在場使敘事多夾摺了一個真空層，使W表面上仍舊維持第三人稱，卻彷彿被推深了一步，身影變得更加朦朧。因為在這之間被隔了一層玻璃牆，形成「他」談W的視線微調，就像W提到：「他待在水底，總覺得水底外的人間要疏遠……在游泳池的水底很奢侈的用力遺忘人生」，清澈的池水不會使W消失，卻能隔出距離。W回溯人生，提及讓自己把游泳視為生命唯一的核心源自於叔叔的教導。同樣身為游泳選手、熱愛游泳卻總因為碰水而遭致不幸的叔叔與W的命運如此雷同，W於是揭開人皮，蛻變為敘事裡的第二層空殼，用來呈裝叔叔的內裡，就像W夢見「叔叔變成嬰兒，但是整個人浸泡在他的潮溼黏液充滿的胃囊一如泡在羊水的子宮」。W在叔叔死後繼承了他的習慣，在游泳過後喝又鹹又油又熱的好喝泡麵湯，他仰頭灌入熱湯，滋養藏匿在胃裡另一個未出世已死亡的叔叔嬰孩。於是，主角「他」認識的並非W而是他叔叔，並且，就像W通過活成叔叔的方式取代死去的叔叔，主角「他」聽完W的怪異人生後，「他跟W也說自己在當兵荒唐的那每天怪異潛水洗可怕池底期間作的某一個怪夢」。在可疑的訴夢過程中，「他」緩緩地併吞了W先前告訴「他」的夢境，關於超能力及遇水則發的魔咒，最終接收了熱泡麵湯與W。顏忠賢透過疊套敘事彰顯俄羅斯娃娃般重複繼承的意象，更展示了層層剝殼間的併吞與細微挪移的變調，就像水既內在於物，因物易形，亦可溢於物而全盤推翻所是。通過游泳，指涉水千變萬化的無組織，呼應著字母L裡聖水與惡水的水無形，並且在無形與空殼的游移間，顏忠賢的W已再次從字母O裡的空洞「她」迸生另一株幼芽。

歌德式教堂所搭建的穹頂，引入光線懸磬，構成教堂內裡的外部空間，使沃林格從中看見四處湧動，成千上萬條欲脫離限制與界限的「創造之線」。相較於羅馬式教堂密不通風的純粹內部，歌德式疊合有著無窮空間，就像百花聖母大教堂裡（Cattedrale di Santa Maria del Fiore）將市政廳、街道與聖洗堂一併收納其中的鏡子，搭建遊盪不盡的空靈。被凹摺入W的六位小說家，在各自的小說建築中再度凹摺入其他字母，層層疊套回應著沃林格的創造洞見。

作者簡介

◉策　畫

楊凱麟　一九六八年生，嘉義人。巴黎第八大學哲學場域與轉型研究所博士，臺北藝術大學藝術跨域研究所教授。研究當代法國哲學、美學與文學。著有《虛構集：哲學工作筆記》、《書寫與影像：法國思想，在地實踐》、《分裂分析福柯》、《分裂分析德勒茲》、《發光的房間》與《祖父的六抽小櫃》等。

◉小說作者（依姓名筆畫）

胡淑雯　一九七〇年生，臺北人。著有長篇小說《太陽的血是黑的》；短篇小說《哀豔是童年》；歷史書寫《無法送達的遺書：記那些在恐怖年代失落的人》（主編、合著）。主編《讓過去成為此刻：臺灣白色恐怖小說選》（合編）。

陳　雪　一九七〇年生，臺中人。著有長篇小說《無父之城》、《摩天大樓》、《迷宮中的戀人》、《附魔者》、《無人知曉的我》、《陳春天》、《橋上的孩子》、《愛情酒店》、《惡魔的女兒》；短篇小說《她睡著時他最愛她》、《蝴蝶》、《鬼手》、《夢遊1994》、《惡女書》；散文《像我這樣的一個拉子》、《我們都是千瘡百孔的戀人》、《戀愛課：戀人的五十道習題》、《臺妹時光》、《人妻日記》（合著）、《天使熱愛的生活》、《只愛陌生人：峇里島》。

童偉格　一九七七年生，萬里人。著有長篇小說《西北雨》、《無傷時代》；短篇小說《王考》；散文《童話故事》；舞臺劇本《小事》。主編《讓過去成為此刻：臺灣白色恐怖小說選》（合編）。

黃崇凱

一九八一年生，雲林人。著有長篇小說《文藝春秋》、《黃色小說》、《壞掉的人》、《比冥王星更遠的地方》；短篇小說《靴子腿》。

駱以軍

一九六七年生，臺北人，祖籍安徽無為。著有長篇小說《明朝》、《匡超人》、《女兒》、《西夏旅館》、《我未來次子關於我的回憶》、《遠方》、《遣悲懷》、《月球姓氏》、《第三個舞者》；短篇小說《降生十二星座》、《我們》、《妻夢狗》、《我們自夜闇的酒館離開》、《紅字團》；詩集《棄的故事》；散文《胡人說書》、《肥瘦對寫》（合著）、《願我們的歡樂長留：小兒子2》、《小兒子》、《臉之書》、《經濟大蕭條時期的夢遊街》、《我愛羅》；童話《和小星說童話》等。

顏忠賢

一九六五年生，彰化人。著有長篇小說《三寶西洋鑑》、《寶島大旅社》、《殘念》、《老天使俱樂部》；詩集《世界盡頭》；散文《壞設計達人》、《穿著Vivienne Westwood馬甲的灰姑娘》、《明信片旅行主義》、《時髦讀書機器》、《巴黎與臺北的密談》、《軟城市》、《無深度旅遊指南》、《電影妄想症》；論文集《影像地誌學》、《不在場——顏忠賢空間學論文集》；藝術作品集：《軟建築》、《偷偷混亂：一個不前衛藝術家在紐約的一年》、《鬼畫符》、《雲，及其不明飛行物》、《刺身》、《阿賢》、《J-SHOT：我的耶路撒冷陰影》、《J-WALK：我的耶路撒冷症候群》、《遊——一種建築的說書術，或是五回城市的奧德塞》等。

◉評論

潘怡帆

一九七八年生，高雄人。巴黎第十大學哲學博士。專業領域為法國當代哲學及文學理論。著有《論書寫：莫里斯・布朗肖思想中那不可言明的問題》、〈重複或差異的「寫作」：論郭松棻的〈寫作〉與〈論寫作〉〉等；譯有《論幸福》、《從卡夫卡到卡夫卡》，二〇一七年以《論幸福》獲得臺灣法語譯者協會第一屆人文社會科學類翻譯獎。

字母會W沃林格

作　者——楊凱麟、胡淑雯、陳雪、童偉格、黃崇凱、駱以軍、顏忠賢、潘怡帆

總編輯——莊瑞琳
責任編輯——吳芳碩
校　對——盧意寧
裝幀設計——霧　室
排　版——張瑜卿
行銷企畫——甘彩蓉

出　版——春山出版有限公司
地　址——臺北市文山區羅斯福路六段二九七號十樓
電　話——〇二-二九三一-八一七一
傳　真——〇二-八六六三-八二三三

經　銷——時報出版企業股份有限公司
地　址——桃園市龜山區萬壽路二段三五一號
電　話——〇二-二三〇六六八四二

製　版——瑞豐電腦製版印刷股份有限公司
初　版——二〇二〇年二月
定　價——二二〇〇元（套書不分售）

國家圖書館出版品預行編目資料

字母會W沃林格／楊凱麟等作
－初版－臺北市：春山出版，2020.02
面；公分
ISBN 978-986-98497-1-5（平裝）
863.57　　108019414

春山出版
EMAIL SpringHillPublishing@gmail.com
FACEBOOK www.facebook.com/springhillpublishing/

填寫本書
線上回函

L'abécédaire de la littérature: Ultime